WANG ZIFU WORKS

中国专业作家作品典藏文库
王梓夫卷

裸俗

王梓夫 著

中国文史出版社

目　录

第一辑

第 二 辑

第 三 辑

第一辑

故乡的井

故乡的井是母亲的乳房，她用饱满的乳汁哺育了众多的儿女，自己却枯萎了。

婴儿一出世便寻找乳房，这是上帝赋予他的生存本能。找到了乳房，就找到了生命之泉。母亲的伟大，不仅诞生了生命，而且哺育了生命。母爱，是生命之爱；人们对母亲的依恋和感激，是对生命的珍惜与渴望。

人们对井的依恋，是延续了婴儿对乳房的依恋。失去了乳房的婴儿是悲惨可怜的孤儿，失去了井的人便成了“背井离乡”的弃子。井是人们终身的乳房，故乡是人们永远的母亲，乡情便是割舍不断的母爱。

故乡的井有若干种，基本上分为两类：一是砖井，一是土井；一是官井，一是私井；一是甜水井，一是苦水井；一是饮用的，一是浇灌用的。我所说的是供全村人饮用的能源源涌出甘泉的官井。

我们那个小乡村只有一眼官井，在村中间的十字路口处。官井旁边是一个小土地庙，里面住着一个白胡子的老道士。他不是负责看管官井，而是负责打更，夜深人静的时候，每过一个时辰，小村里便响起清脆的更梆声。一更敲一下，二更敲两下，三更敲三下……听到敲击五下的时候，勤快的庄户人家便拉响了门闩。小村里，男人大声地咳嗽，女人尖声地叫喊，还有鸡啼、犬吠、马嘶、牛哞……从夜幕中脱颖而出的喧闹，奏响了田园诗一般温馨的晨曲。

最诱人的是一种金属摩擦和撞击的声音，这声音有如丝竹演奏中的撞铃儿，清晰而节奏鲜明，每一下都震响在人们的心尖上，使全身都熨帖舒畅。从每一下震响中，人们都能准确地分辨出：这是扁担钩挂上了水桶梁，这是两只空水桶在悠荡，这是水桶碰撞着井沿儿，这是负了重的扁担在吱扭扭地吟唱……

担水是男人神圣不可推卸的义务，如同母亲给婴儿喂乳一样义不容辞。当东方泛出鱼肚白的时候，男人们便担着水桶从各个砖门或柴门小院里出来，步调协调地走向官井。他们从井里打上来水，又担着走进各个院落。满桶的水在街面上穿越着，洒下来的水迹在黄土路上织出了一张庞大的蛛网，网的中心就是官井沿儿。当这张网织完了，太阳便露出了笑脸，家家户户的炊烟也消散在氤氲中。如果这个时候，谁家的水缸还没有满，哪个睡了懒觉的男人再担着水桶出来，肯定会耷拉着脑袋抵御着鄙夷的目光。第二天，乃至在以后很长的日子里，他便再也不敢睡懒觉了。庄稼人用勤快自律，也用勤快律人，成了做人标准和道德规范很重要的一条。

男人们担水大抵每天两次，第一次在清晨，第二次在黄昏。早晨担水，一天伊始，来去匆匆，谁都不肯耽误片刻。在官井沿儿上见了面，最多是打声招呼。而傍晚在井边相遇则不同了，反正一天的活儿都干完了，余下来的便是闲暇。于是，井边就成了男人们聚会的场所，见了面不忙着打水，就是正在打水的人见有人来了，也会慢腾腾地停住手。他们站在井台上，掏出烟荷包，一边互相让着品着新摘下来的叶子烟，一边拉开了话匣子。官井沿儿成了新闻发布会，成了信息中心。男人们把所见所闻或道听途说连同满桶的水一起倒给老婆，女人们便兴奋起来，像忠实的信使一样把这些消息传到每一家的餐桌上和每一对夫妻的床上。

男人离不开井，就如同婴儿离不开乳房一样。男人其实是最耐不得寂寞最受不了离群索居的，他们常骂女人是长舌妇，殊不知，女人舌下的材料都是男人提供的。男人是单向的接收和发送，女人是多向的接收和传播，自然女人要比男人聒噪一些。即使水缸里的水还没有用完，男人们也要担起水桶出去，这不是他们勤快，实在是以一个冠冕堂皇的理由去参加井台聚会。

在许多风俗中，人们确实是把井和乳房联系在一起的，妻子怀孕了，丈夫便要格外小心，特别忌讳和另一个大肚子的女人说话。谁说了话，就等于把对方的奶水采走了。补救的办法是这个男人要给对方的家里担水，水缸上还要放一张筛子，水通过筛子过滤到缸里。这样，被采走的奶水又倒灌回来。

一个人就是走到天涯海角也不会忘记母亲，但却记不起母亲的乳房。可是远在异国他乡的游子，尽管故乡的面貌模糊了，却清晰地记得那眼故乡的井。

现代女人为了保持体形，多不用母乳给婴儿喂奶了，乳房退化成了女性的装饰物。正在走向现代化的家乡用上了自来水，那眼官井也像衰老母亲的乳房一样，连装饰的作用都失去了。

故乡的井枯萎了，废弃了。然而，那石头井盘上被岁月和绳索磨下的沟纹，那砖台阶上的绿苔和苔丛中的蜗牛，那黄土街面上水迹编织成的蛛网，还有那水桶的撞击声和扁担的吱扭声，在你尚未降生时就编入了你的生命基因。随着斗转星移，它就会像你脸上的皱纹和鬓上的白发一样不可抗拒地显现出来，提示着你生命的起源和灵魂的归宿。

1996年12月1日于桑梓轩

孩提时代

那是一个属于孩子们的年代，突然在一夜之间，所有的成年人都齐刷刷回到了孩提时代，以一种近乎“人来疯”的儿童心态和天真幼稚的狂热，扮演了一场可歌可泣的童话剧。

我说的是1958年，举国上下的形势使我们这些崇拜英雄、渴望变革的少年儿童欣喜若狂。课可以不上了，整天高举着红旗、唱着歌去战天斗地，虽然很累，但却非常兴奋，非常刺激，乐得我们总是处于一种亢奋状态之中。没有人再逃学了，这比逃学好玩儿得多。

那真是一个不可再得的极其浪漫的时代，每天都有新的口号、新的歌曲、新的发明创造、新的劳动方式。土墙或砖墙上的漫画及标语更是有趣诱人，玉米长得像大树，只有用大锯才能收获；南瓜大得像房屋，里面可以住上一群少年儿童；水稻长得又密又壮，身着盛装的姑娘可以在上面翩翩起舞……还有那些歌谣：楼上楼下，电灯电话……乘卫星，驾火箭，生产跃进像闪电，五年计划一年完，一年跃进顶五年……我就是玉皇，我就是龙王，喝令三山五岳开道，我来了……

这是东方穷人的狂欢节，在这跑步奔向共产主义的宣传之下，人们则是拼命地劳动，不叫劳动，叫战斗。家庭被打乱了，人们被重新编队，合作社生产队作业组也改成了营连排班。老人赛黄忠，儿童赛罗成，男人赛过赵子龙，妇女赛过穆桂英……没有人觉得这是在演戏，无论是工人还是农民，无论是领导者还是读书人，都极其认真地进入了角色，并痴迷沉醉在这集体梦幻中。那场梦是被后来的三年大饥馑饿醒的。

一个偶然的机会，我体会到了科学技术的重要。

我自幼体弱，再加上营养不良，跟同龄孩子相比，显得瘦弱得多。所以打架、干活儿乃至“大跃进”中的“战斗”，这些需要体力的地方均是我的劣势。我的优势在学习上，那用的是脑力。现在“大跃进”了，需要的是在战场上叱咤风云以一当十的罗成。可是我不行，我在班里的地位一下子从顶端跌入了低谷，从令人羡慕的骄子变成了让人鄙夷的弃儿。每天都要评比，插红旗，拔白旗。别人的胸前都佩戴着英雄似的小红旗，我却耻辱地被插上了白旗。我作为学子的优越感已经荡然无存，自尊心受到了极大的损伤。我睡不着觉了，被一种从未体验过的巨大的痛苦折磨着。痛定思痛之后，我开始发挥自己的优势，动起了脑筋。

是一场所谓的“轴承化”的技术革命挽救了我。那时候我们的任务是用独轮车往田地里送粪，那种独轮车都是木轮，又笨又重，推起来吱扭扭乱响。我听说附近的技术小组在搞轴承化，就推着自己那笨重的独轮车要求他们给我装轴承。他们正愁发明的技术得不到推广，我来了，他们很高兴地为我的独轮车装上了轴承。第二天还是送粪，别的同学依然是拼着吃奶的力气推着独轮车，吱扭扭响成一片。我的轴承车却不声不响，推起来轻松畅快，几乎不用使劲就往前跑。我高兴极了，尽可能地多装快跑，把全班所有的人都甩在了后面。到晚上评红旗的时候，我被一致通过，成为全班第一面红旗。

自尊心和优越感又重新回到了我的身上，我得意得有点儿忘了形。送粪的时候，竟然以功臣自居，跑到了前面就停下来，理直气壮地到玉米地里找甜棒吃。所谓甜棒，是一种不结棒子的玉米秆，老百姓叫它枪根，比甘蔗还甜。结果乐极生悲，得了急性肠炎，肚子胀得嘭嘭如鼓，连气都喘不过来了。我们的班主任徐老师把我背进了卫生院，打了一针之后便哗哗泻水，折腾得天旋地转。我特别感激的是徐老师，他不但带我去看病，还给我买了一包饼干。这对我们农村孩子来说是难得的奢侈品，我想着病好以后一定更加拼命干活儿，给徐老师争脸争气。

没想到，脸没争上，却无意中被裹挟进了一支“起义”的队伍，成了少年劳改犯。

我们班有一个女同学，漂亮得出众，又聪明得出众，还能歌善舞。那时候我们还不知道有“校花”一说，如果知道有“校花”，也非她莫属。大家都喜欢他，特别是男孩子。可是那会儿我们接受的是“男女授受不亲”的教育，男女同学之间同校同班同桌，却总是隔着一层山。谁要是胆敢跟女同学亲近一点儿，哪怕是说一两句话，也会触犯众怒，惨遭群起而攻之的。

有一次，在一个叫作北堤的小村里干活儿，我们驸马庄的男孩子都住在一起。躺在炕上睡不着觉，不知道怎么就把话题引到了那个“校花”的身上，一个男同学却喋喋不休地骂起了她。他骂，别的人也跟着骂，骂得很刺激，很过瘾。我暗暗为“校花”鸣起了不平，可是那个男同学比我大，又高我一个年级，我不敢惹他。更何况还有别的人，我就是再勇敢、再绅士，也不敢公开为一个女同学辩护。我只好默默地听着，听着听着，我却从那些骂声中突然领悟到了一种情绪，一种狐狸吃不着葡萄就说葡萄是酸的那样的情绪，这种狂热的谩骂所发泄出来的恰恰是一种相反的情感。

从那以后，我学会了默默地观察人、分析人、理解人。因为我是个弱者，不能仗义执言，不能一吐为快，我只好老老实实地当一名看客和听客。但我在精神上又是个强者，我不能人云亦云，又不愿意按照别人的思路进行思索。作为一个观察者，我总想透过表面现象有所发现，并把这种发现当作一种愉快，当作一种收获和享受。这种早期的训练，对我后来从事文学裨益极大。

我说他们狐狸吃不着葡萄是有根据的。在崇尚体魄的原始生存状态，男女之间求偶的价值观会停留在生存竞争的法则上，强健者便是胜利者。可以说，许多人都喜欢那位“校花”甚至想入非非，但是真正有胆量、有资格公开向她表达感情的却只有我们班长。

我们班长比我大三四岁。那时候农村孩子上学晚，一个班的同学年龄差距比较大。他年龄大，又长得虎背熊腰，长了满脸的青春痘。“校花”虽然比他小，却早熟。两个人的关系越来越密切，甚至到了难舍难分的地步。须知我们那时才刚刚小学五年级，远不到谈恋爱的时候。可能是我们的班主任徐老师干涉了他们，于是班长便率领我们全班造了徐老师的反。

班长实际上相当于半个老师。他似乎不是我们的同学，而是我们的师长。他说话没有人敢不听，老师不在的时候只要他在，这个班就乱不了。

那一天徐老师不在，班长带着我们从学校出发到凤河边上去收玉米。到了河边，他却不让我们干活儿，而是大家围着他和“校花”坐了一圈儿。他开始讲话，讲的是什么我听不懂，后来他又哭，“校花”也哭。他们为什么哭，我一点儿也不懂。我那时可以说是情窦未开，对此类事情实在是懵懂不知。只记得他越讲越激昂，越哭越悲愤。最后，他宣布要“起义”，愿意跟着他“起义”的举手。

我实在不明白为什么要“起义”，更不知道“起义”以后我们会得到什么好处。但是看到他首先举起了手，别的同学也跟着举起了手，我也就糊里糊涂地举了手。

原来“起义”就是罢工，“起义”之后班长就不管我们了，不知道他带着“校花”到什么地方去了。我们几个小龙无首，就自己找乐子吧。有人提出到凤河里去摸鱼，其实我对摸鱼同样没有兴趣，人类需要“归属”的天性又使我糊里糊涂地跟随了摸鱼的队伍。

这一下可闯了大祸，我们刚脱了衣服下河，河堤上却下来一个挎着盒子枪的人，他朝我们大喊大叫，让我们上来。

来人叫岳福生，是公社党委书记。在人民公社成立大会上，我们在台下听过他慷慨激昂的讲话。在孩子们的眼中，大人总是要比实际高大、魁梧一些，特别是对自己所敬畏的人，更觉得他威武得不可侵犯。我们低着头站在他的面前，听着岳福生的训斥。他说，全国人民都在“大跃进”，你们却打鱼摸虾，这是二流子懒汉，是反对“三面红旗”，要对你们进行劳动改造……他说完，就带着我们来到一块玉米地，每人发一把镰刀，让我们把那块玉米地里的玉米秸砍完，还派一个民兵专门监管我们……

岳福生在我们那个地区是个“老革命”，在战争年代立过战功的。三年困难时期，他却响应“大办农业”的号召，带头回乡当农民去了。这种能官能民的无私精神令许多人都钦佩不已。后来我到公社工作的时候，他担任了村党支部书记，我经常去他家，有时候还住在他们村。我们接触的时间很多，我却一直没有勇气提起那件被他“劳改”的事。若干年之后，我又跟他的儿子成了好朋友，他儿子已经是某地方的大员了，我们接触也较多，也同样从来没有提起过这件事。大概是觉得不值一提吧。

到了晚上，学校开始清肃“起义”人员。吴校长也来到了我们班，徐老师让所有参加“起义”的同学站到前面来。我也走了出来，徐老师大吃一惊，说你不是病了吗？病了不算。我老老实实地说，我也去摸鱼了，他失望地叹了一口气，没说什么。

那时候叫辩论会，实际上就是后来的批判会。“起义”人员到前面接受辩论，班长和“校花”还做了检查。他们怎么检查的我已经记不清了，只记得“校花”说话的声音非常小，吴校长几次都提醒她大一点儿声。

除了一次集体逃学，这是我平生第二次被揪出来示众，同样是人多可以遮丑，我倒是没有觉得怎么丢人。只是徐老师那失望的叹息让我愧疚难堪，好长时间以后，我在他面前都抬不起头来，总觉得对不起他。

1999 年 6 月于桑梓轩

生活的峡谷

灾难降临了，前面的路成了一段峡谷。父亲不在家，母亲要带着我们兄弟姐妹四个活着过去。她与守着关隘的魔鬼讨价还价，一无所有的母亲要抵押出一部分做人的准则，又要保住她和子女们做人的情操。她犯难了。

那是举世闻名的大饥馑年代。生存条件的低劣使法律和道德都掉了价，农民可以公开或半公开地从集体的地里往回偷。连偷都改变了叫法，名之曰“小摸小拿”。下工回来，衣襟里、裤裆里、筐底儿上，总会捎回来一些“进口物”，诸如青玉米、高粱穗、黄豆荚，甚至茄子、土豆、大萝卜之类的菜蔬。这种“小摸小拿”很快成了风气，后来整社的时候有一种说法，叫作“有不偷的人，没有不偷的户”。这一评估大抵是正确的，但却有例外，我们家就不偷。

母亲说，她活了这么大（算来那会儿她刚三十出头，可怕），连一根取灯儿（火柴）都没拿过人家的。她不“拿”，也不准我们拿，严格遵循着她做人的一贯性。保守情操是要付出代价的，惩罚很快便张牙舞爪地扑过来。那一年冬天，出奇的冷。没柴烧炕，屋子里像个冰窖。更难熬的是肚子。从食堂里打来的那点儿可怜巴巴的糠馍稀粥，不敢吃，吃完还饿，越吃越饿，像揣着满肚子嗷嗷待哺、饿得发疯的小燕子。先是母亲倒下了，浑身浮肿，皮肤亮得能照见人，一摁一个坑。后来我们便如母亲般地肿肿胀胀地倒在了炕上。那个漫长的冬天不知道是怎么熬过来的，现在想起来都不寒而栗。

生命从死神的魔爪里挣脱出来之后，便弥足珍贵。母亲为了她养育的这四个小生命，第二年便放宽了政策，允许我们像街坊四邻一样"小摸小拿"。但须严格控制，恪守其"小"，不许贪"大"。其标准是以当日消耗为度，不存储余额。我那会儿在六华里外的马驹桥镇读书，每日要早起，早起后便到生产队的场院里去背柴。无论是棉秧、豆枝、棒秸，只背一筐。背回之后，除了供我熬碗稀粥之外，仅够烧用一日。假如第二天遇雨或因我未能早起，便只好冷一天灶膛。好在有公共食堂，不烧火照样可以度日。

任何事情都有个度，用这个度控制自己尚可，控制众人则难。"小摸小拿"的风气一开，就难免有"大摸大拿"。日子长了，家家里的"小粮库"便鼓胀起来，有的竟十分可观。那一年的粮食收购任务没有完成，上级火了，派下人来到各家各户去搜。不少人家都扛出了整袋的粮食，我们家里却只有葫芦瓢里存着为数可怜的玉米粒。母亲为此感到坦然，也感到骄傲。

后来我才懂得，母亲对我们“小摸小拿”的严格限制，不仅仅是因为她不贪。我们几个正是少不更事的年龄，如同需要整枝打杈的棉苗一样，不管它，就会疯长；管斜了，就会歪长。走正路走邪路都是刚刚起步，决定命运的只有一步之差。她认为偷摸也如烟酒一样，会成瘾的。小时候染上了瘾，再戒便难了。人什么毛病都有救，唯独长出了“三只手”，就算毁了。这天晚上弟弟背回了满满一大筐红薯，还有一大捆葱。我们都吓了一跳，他却挺得意，一边擦着汗，一边讨母亲的笑脸。母亲却把脸绷得铁青，她火了。一阵雷鸣电闪之后，母亲断然决定：从今以后，包括她自己，谁也不许再到外面“摸拿”！

我们都抱怨母亲残忍地取消了我们“小摸小拿”的权利，也抱怨弟弟的过激行为导致了母亲的独裁。

餐桌上，又只剩下了从食堂里打来的那一点儿可怜的饭食。弟弟儿时缺奶，又是从一场“狗白等”的大病中活过来的，体质自然差。他端起那照得见人影儿的稀粥，还没往嘴里喝，两只大得出奇的眼睛里便汪起了满满的泪水。母亲想把手里的半个糠窝头扔在弟弟的碗里，又抬头看了看我们，一双双眼睛都是泪汪汪的。于是，她把手里的糠窝头揉碎，分给我们每人一点儿，泪水顺着她那痛苦的脸颊流下来，滴在我们的碗里……

夜里，躺在冰凉的土炕上，母亲睡不着，我们也睡不着。我们睡不着，是饿的；而母亲睡不着，除了肉体上的饥饿，还有灵魂上那自我咀嚼的剧痛。母亲从此患上了失眠症，这顽疾也如同当年留在她身上的哮喘、类风湿一样，将会终生折磨她，使她痛苦不堪。

母亲能聊以自慰的是，她的四个儿女在以后的生活道路上，虽然也经历过风雨挫折，但大抵都活得挺坦然，并且也还算体面。

1995 年 6 月于桑梓轩

青蛙的禁忌

我从来没想过要吃它们，因为在我的心目中，它们确实是农家的朋友，至少是我们孩子们的朋友。

每当夏季来临，一场透雨过后，寂寞的小乡村便喧闹起来，村里村外的蛙鸣如雨后初晴的繁星，新奇而热烈。有的戛然如裂竹，有的清脆如木梆，有的尖啸如柳笛，有的哀婉如泣妇，还有的如铙钹般清亮的金属敲击声……这多声部、多层次、多方位的大合唱此起彼伏，高潮迭起，终于把天唱亮了，唱出了一个红彤彤、湿漉漉的太阳。

长眠了一冬的青蛙破土而出，如农家孩子一样欢蹦乱跳，爆发着生命的活力和对生活的渴望。在青草绿水中间，我们不再感到孤独，青蛙成了我们的伙伴，也成了我们的宠物。

最漂亮的莫过于小绿狗，它像是穿着绿裙的少女，身材苗条秀丽，有着两条修长的后腿，跳得最高、最远。我们捉到它，常用母亲纳鞋底用的细麻绳拴起来，举行跳远或跳高比赛。我们的欢呼呐喊助威绝不亚于而今的球迷，把小村折腾得鸡飞狗跳。

最威武的是花狸豹，肥硕健壮，如胸宽体壮的庄稼汉，叫起来声音洪亮如吼，底气十足。农村有个绕口令：大花碗下面扣着一个大花活蛤蟆，说的就是这种蛙。我们捉到它就是为了听它叫的，用盆碗扣在院子里，夜里睡不着觉的时候便不再感到恐惧。

还有一种叫小气鼓，圆圆的，像个小柿饼。它神出鬼没，不知道躲在什么地方。它总是想跟我们挑衅，我们找不到它，刚要离去，它便突然在你脚下叫一声，又无影无踪了。它的叫声很怪，像不怀好意的猫头鹰。捉不到就算了，我们懒得跟它玩儿，怪丧气的。

当然，还有癞蛤蟆，我们都讨厌它，因为它样子难看，还因为听说它身上有毒。

最可笑的是它们的交配，我们管它们叫配摞儿，那真是恩恩爱爱不离不弃没完没了没出息，雄的趴在雌的身上，紧紧地搂抱着，整天整天地不松开。或浮在水面上，或躲在荷叶间，闭着眼睛优哉游哉非常惬意的样子。我们讨厌它们这样臭不要脸，常常用石子或秫秸秆打它们，打也不分开，拆不散的坚贞。

交配完了，水面上便是它们甩出来的一片一片的籽，麻粒粒的，黏糊糊的。没几天，小蝌蚪便出生了，一群一群的，拖着长长的尾巴，你追我赶地戏游着，我们叫它们蛤蟆豆儿。有个谜语：一一得一，一二得二，二二得四，四下去一，这是珠算里《小加九》的口诀，谜底就是蝌蚪。刚出生时只有一只尾巴，叫一一得一；后来出现了两条前腿，叫一二得二；再后来又长出了两条后腿，叫二二得四；四条腿都长齐了，尾巴便脱落了，所以说是四下去一。挺有意思的。

我们从小就知道青蛙是益虫，它们吃苍蝇，吃蚊子，吃黏虫，吃蚜虫。我们喜欢它们，也保护它们。蛇是它们的天敌，看到蛇吃它们，我们就把蛇打跑，常常把它们从蛇嘴里救出来。

我们真的没想到要吃它们，可是有什么办法呢？因为饿，谁让我们生不逢时，赶上大饥馑的“三年困难”了呢？人的生存本能是非常可怕的，当饥饿威胁到生命的时候，是什么肉都敢吃的。我们在吃树叶、吃野菜、吃“瓜菜代”的同时，也把目光瞄在青蛙的身上。于是，便疯了似的捉起了青蛙。

捉青蛙的方法其实很简单，把一根铁钎子绑在竹竿上，悄悄地从后面扎过去，锋利的铁钎便会穿过青蛙的全身。捉到以后，再用母亲纳鞋底用的麻绳穿起来，穿到一定数量便提回家去，一路上鲜血淋淋。

这时候的青蛙虽然被穿透了全身，却还没有死，仍然在麻绳上蹦跳着、挣扎着、哀叫着。那时候的“朋友”情义、怜悯之心不知道哪儿去了，我们开始大开杀戒。左手从麻绳上褪下一只青蛙，放在木墩上，右手举起菜刀朝着它的脖子猛剁下去。头掉下来，再放下菜刀，两手并用，剥下它的皮。每剁一下，青蛙便哇地叫一声，我们的心便像被扎一下。随着这一声惨叫，一条生命便结束了。

我们把青蛙收拾好以后便放在锅里煮，一股香气很快便从锅缝里冒出来，空空如也的肠胃翻卷着，口水也流了出来。待青蛙煮熟了，揭开锅盖，我一下子惊呆了，整个心都紧缩起来。煮熟了的青蛙都浮在了水面上，摊开双臂，叉开双腿，鼓着圆圆的小屁股，浑身粉白鲜嫩……这哪里是青蛙，分明是一锅煮熟了的婴儿！夜里做噩梦，一大群被剥了皮、砍了头的青蛙哀叫着跑来，围在我的脚下要我还它们的头。那可怕的情景把我惊醒，吓得通身大汗。

这残酷的一幕发生在大饥馑的年代，我常为自己的残忍感到震惊与羞愧。然而到了衣食不愁的小康时代，许多大款小款甚至平民百姓的餐桌上，却突然把青蛙当成了一道美味佳肴，谓之曰田鸡。

我不记得青蛙是什么味道了，我只记得煮熟了的青蛙是活生生的婴儿的形象，我也记得手起刀落青蛙哇的一叫令人心灵悸动。我还记得青蛙是我们的朋友，至少是我们农家孩子的朋友。因此，在任何餐桌上，我从来不把筷子伸向青蛙。

这是我的禁忌，人不能肆无忌惮地图快活，人是应该有一点儿禁忌的。

1997 年 7 月 29 日于桑梓轩

少年徒步者

在我童年的记忆里，那条小路是那样的漫长，又是那样的泥泞曲折。夏天，雨季来临，小路便被浑黄的积水淹没了，我们只好根据两边的庄稼判断小路的位置，小心翼翼地蹚着水走；冬天，大雪纷纷扬扬，那条小路又被湮没了，且两边光秃秃的庄稼地也被湮没了，小路的位置便难以找到参照物，常常一失足便滑进路边的深沟里，大雪没脖。二十年以后，我带着妻子第一次回我们那个有着高贵名字的小乡村，那正是春天，路上印着很深、很清晰又坚硬如塑的车辙沟和牛蹄子印。她很奇怪，雨季还未来，土地还没有被雨水泡软，这些印迹是怎样留下的呢？我告诉她，这些还是去年留下来的。她更奇怪了，这车辙和牛蹄印，每天都要经过人踩车轧牲畜践踏，怎么经过大半年还如此完整无损呢？

这就是我们那个地方的土地，黑黏土，盐碱地，晴天一块铜，下雨一摊脓。那土壤晒干以后，坚硬如石块，在田里形成了大如枕头、小似拳头的坷垃。到了雨季，这坚硬的土壤变得又黏又稠，地上的积水流不出，也渗不下。于是，一路上的坑坑洼洼、黏黏糊糊。穿着鞋根本无法走路，多结实的鞋都能粘掉，无论男女，都赤着脚走路。一步一滑，如走钢丝。

我每天徒步在这条小路上是在十岁的时候。

母亲病了。

给母亲看病的是马驹桥卫生院供职的阮洪英，一位精通中医又倾心西医的土著郎中，宅心仁厚，悬壶济世。他每天骑着自行车到我家出诊，给母亲诊完脉开好药方便交给了我。

我当时在离我们村三里远的南堤小学读书。下午放学之后，要到马驹桥卫生院去取药。取药得要钱，我家穷得连吃盐都困难，哪有给母亲买药的钱。好在政府照顾，允许母亲从信用社贷款治病。

那时的贷款可不像现在，从银行或信用社贷出一笔钱来爱怎么花怎么花。那真是严格的专款专用，一分钱的鬼也搞不了。信用社不怕麻烦，每看一次病贷一次款，花多少贷多少。这样，我每天都要跑几个手续：先是到大队部找到会计开介绍信，然后拿着介绍信到信用社贷款，再拿着信用社给我的通知单到卫生院取药。

我说过，从我们村到马驹桥小镇是一条六里长的泥泞小路。走那段路我并不发愁，农村的孩子最不怕的就是吃苦。愁的是办那些手续，我生性怯懦，怕老师，怕同学，更怕生人。每天求人办那么多的手续，对于我来说何止是勉为其难，简直是赶鸭子上架。人挤对到哪儿有哪儿，一件事没办的时候你可以发愁，事到临头愁也得办。我在大队部的门口徘徊，多少次都想回去骗母亲说没找到人。可是想到母亲等着吃药，徘徊再久还是要自己进去找人。父亲在农业社干活儿，不许他请假。他帮不了我什么忙，唯一能帮的就是我回来晚了，他到半路上去接我。我回来晚了是经常的事，跑那么多手续，哪个环节上都有可能耽误时间。常常是天黑以后我才从镇上出发，路两边的玉米高粱已经长起来了，森林一般。风雨沙沙，鸟兽蹿跃，怪声鬼影，一惊一乍，欲喊喊不出，牙根发紧；欲跑跑不动，两腿发软，总是想哭。这时候如果父亲来接我，真像遇见救星一般。

从春天到秋天，我每天徒步在这条泥泞小路上，一个往返，十二里路。还不算跑大队部、跑信用社及卫生院的路程。苍天不负有心人，秋收以后，母亲的身体奇迹般地康复了。农村有一个习惯，吃剩的药渣要倒在路中间让行人踩，如此可以把人的病踩掉。母亲说，她的病是我在那条小路上踩掉的。

母亲的病好了，我依然要每天徒步在那条小路上。我考上了马驹桥中心小学，两年后又考上马驹桥中学。

五年的时间里，我饱尝了这条小路上的风雨饥寒。上小学的时候，我们肩上背的是书包，到了中学，则把书包换成了柳条儿筐。庄稼人的孩子不能吃闲饭，放学以后要打猪草、捡粪、拾柴火，这样一来，徒步便成了劳作。这没什么，习惯了，也常常是边干边玩儿。玩儿的内容很多，摸鱼、捉鸟、采食闲花野果，路途不知道增加了多少，却不觉得累，乐在其中了。

苦的是负重徒步。马驹桥是京南重镇，许多日常生活用品都需要到镇上去买，常常是我们上学需要给家里采购。好在那时候穷，能买的东西也不多。最要命的是买煤球儿，冬天的火炉取暖做饭需要的煤球儿，只能到镇上的煤铺去买。这个任务理所当然地落在我们肩上了。把买好的煤球儿装进一个帆布口袋里，往肩上一搭，前面一半，后面一半，沉甸甸的，把小细腰压成了小虾米。

远道无轻载，何况我童年的时候常年挨饿，营养不良，长得瘦小羸弱，如此负重徒步真是苦不堪言。我在坑坑洼洼的小路上踉踉跄跄地走着，寒风刺骨，热汗蒸头。从后面走上来一个女同学，比我大两岁，长得也比我壮些。她接过我的口袋替我背着，大踏步地往前走。我觉得遇见了大靠山，一辈子没有忘记她的这点儿好处。前两年我们村拆迁，我回去跟她谈及此事，她却全然不记得了。

在这条小路上徒步的最佳境界是深秋时节，更加有意趣的是夜晚。晴空如海，凉风如水。已而皓月当空，一泻千里，田野上到处散乱着洋溢丰收喜悦的人影。负者歌于途，行者休于树，前者呼，后者应，往来而不绝。此乃徒步乡野的真趣真乐也。

徒步求学，冬天午休时间短，要带午饭，每天走一个来回就行了；夏天午休时间长，中午回家吃饭，每天就要走两个来回。平均按每天一个半来回算，就是十八里路，除去假日和星期天，每年按二百八十天计算，就五千多里路，五年下来，正好走完一个两万五千里长征。虽然天上没有飞机狂轰滥炸，地上没有敌人围追堵截，却也“战争”频仍，惊心动魄。此为题外话，不赘述。

徒步与其他运动一样，是需要功夫的，童子功。

2015 年 7 月 17 日于紫荆园

充满恐惧的小院

有记者问海明威，一个作家最好的训练是什么？海明威答曰：童年的不愉快。

我的童年介乎于幸福和不幸之间，幸福的是，父母双全，不缺少父爱母爱和家庭的温暖。而不幸的是，几乎人生所有的不愉快，诸如饥饿、受冻、劳累、吃苦、挨打、遭歧视，以及恐惧、孤独、寂寞等都在童年和稍后的青少年时期透支了。

童年的境遇不仅决定着一个作家的创作题材和文学主题，也极大地影响着一个人的人生哲学。更重要的是，一个人性格的形成，童年的生活将起着奠基的作用。搞文学的人都承认“性格即命运”的命题，由此推论，一个人终生的命运，早在童年时期便已经设计好了程序，这或许就是所谓的“命里注定”。

我自称出生在天子脚下。在著名的京南海子皇家猎苑的东大门外，有一个叫马驹桥的古老的小镇，小镇东边三公里处，有一个寂寞的小乡村，这个小乡村有一个高贵的名字——驸马庄。

我的祖上是从山东移民过来的，据我家仅存的坟茔图上看，第一代移民祖先单名讳刚，到我这一辈有七八代了吧。祖上的故事没有留下任何文字的和口头的传说，只知道当年在那个叫作驸马庄的小乡村王姓还算个望族。到了高祖这一辈便败落了，曾祖父兄弟七个都作鸟兽散，背井离乡到别处寻求生路去了。王姓便成了小村里的孤门独姓。

这孤门独姓就是曾祖父硬撑下来的。曾祖父是个手艺高超口碑极好的木匠，开过一个木器坊，铺号义顺堂，专门打大车。他又是个颇有些造诣的乡村医生，曾为朝廷里的什么人治好过宿疾，得到了御赐——“海户地”（约二十四亩），在南海子。还被大清皇帝封了个“业余御医”之类的官，并与一位姓刘的朝官过从甚密。海子是废弃的皇家猎苑，土地肥沃，在那里落户的多是世袭的海户。刘老爷极力动员曾祖父迁居到那里，曾祖父则割不断对那个小乡村的眷恋。靠着他一生的信誉和勤勉，临终的时候留给祖父的是一笔可观的遗产：一百多亩地，三合房，前后两进院子，骡马车辆碾磨棚一应俱全。

曾祖父为了振兴王姓家族，雄心勃勃地供祖父读书。在自然经济的中国帝制时代，读书只能做官，于经济发展无任何补益。祖父倒应了那句名言，书读得越多越蠢。他一辈子无所事事，将祖父留下的那点儿家产全败光了，到我记事的时候，只剩下那所空空的院落了。共产党来了闹土改，我家反而成了贫农。曾祖父的失误，祖父的败家，于王姓家族是个耻辱，于我们后辈儿孙却是一大幸事。否则成了地主狗崽子，我的经历或许就不这么平凡了。

我记忆中的深宅大院现在看来其实也小得可怜，不过是一所两边临街的三合院。有一个后院，后院临街，有一个能自由进出车辆的大栅栏门。进了栅栏门，有磨坊、茅房、牲口棚，还有常高高堆积着的柴草、花秸垛等。后院通往宅院的是两扇漆黑的木门，门打开后是一条黑洞洞的过道，穿过去才是院落。过道和西厢房之间的天井处，长着一棵高出院墙的枣树，枝繁叶茂的时候，那上面便有小鸟唧啾，更显出这小院的寂寞和恐惧。

我说恐惧，当然只是我个人的感受，一个两三岁幼儿的感受。在我的印记里，这个大院总是空落落的。由于空落，更显出院子里的一切都是巨大可怖的。围着水缸的花坛简直就是一座大山，我使尽吃奶的劲儿也不能攀缘上去；装着玉米棒的箍杆囤更是一座巨峰，令我望而却步；连挂在前面墙上的木犁，都是一个庞然大物。

更可怕的是前面的墙，墙外是一条死胡同，总有一些嘁嘁喳喳的说话声和噌噌嚓嚓的脚步声。墙上靠着一架木梯，祖父总是爬上去干些什么。我问祖父，墙外面是什么，祖父从来没有告诉过我，这就越发增强了我对墙外面的好奇和恐惧。

还有一个恐惧的地方是东厢房。祖父和伯父一家住在正房，我和父母住在西厢房，东厢房空着，堆放着一些杂物。空着的东厢房里居住着硕大的老鼠和神通广大的黄鼠狼，屋檐下藏着麻雀，屋梁上盘着蛇。我最怕的是蛇，那时候的房屋都是芦苇秫秸苫的顶，房屋越年久藏着的可怕的动物越多，特别是蛇。有一次，东边邻村的一个小男孩上屋檐掏麻雀，一条蛇直钻进他那大张着的嘴里。据说蛇身上有倒刺儿，钻进人的嘴里只能顺着食道往里爬，不能被倒拉出来。家人无法，只好用驴驮着他去马驹桥找医生。那嘴里挂着长长的一条蛇的男孩正好从我家门口路过，许多人都看见了。我没有亲眼看见，可是乡亲们活灵活现的描绘比我看见还可怕。我至今不敢进蛇餐馆，不敢吃蛇。

我对蛇是惧怕，对黄鼠狼则是敬畏。黄鼠狼属于“四大仙”之一，特别有道行，每年都要在村里兴风作怪几次。它一作怪，便附在妇女们的身上。于是，被它附了体的妇女便闹了起来，又哭又唱，装神弄鬼，还时常模仿死人的口吻和动作，提出许多有理的或无理的要求。黄鼠狼一闹，便请来捉妖的巫婆。巫婆诵经念咒，驱赶着黄鼠狼，黄鼠狼便跟巫婆调皮地周旋。刚把它从张家的女人身上赶走，它又依附在周家的女人身上，巫婆赶到周家，它又让吴家的女人大闹起来。这样，黄鼠狼一闹便牵动一条街，没有三五天平息不了。

除了蛇、黄鼠狼，还有鬼。鬼我没见过，却常听说。挑八股绳做小买卖的张三晚上回家遇上了鬼打墙，平平坦坦的路愣是过不去；赶大车的李四夜里赶路，牲口打着响鼻儿竖起鬃毛不敢朝前走，李四哗哗哗朝车轴上撒尿，才把鬼驱走；赶集回来晚了的赵五在路上遇见一个小媳妇哭得可怜，说她的脚崴伤了走不动，好心的赵五背着她赶路，越背觉得越重，到了自己的家往下一放，却原来是一块破棺材板……

更可怕的是发生在我身边的事，那时候，伯父和父亲经常到外面打工，家里只有老人、妇女、孩子。母亲也是个非常胆小的人，天一擦黑便大门紧闭，连窗户上的破洞都堵上了。我也早早地就钻进被窝，望着母亲纳鞋底儿用的那盏小油灯，总觉得是鬼火在闪动。有一天，伯母到后院上茅房，正遇见母亲蹲在茅房里，两个人还说了半天话。伯母先回来了，进了前院却发现母亲在西厢房里纳鞋底儿，根本没有去茅房……

我还经常做一个奇怪的梦，梦中有一个可怕的人叫门合。若干年之后，出了一个同样名字的英雄，这实在是我的不敬。有一天，我在大门外面自己玩儿，突然从村外来了一辆大车，跨在车辕上的正是我梦中的门合。他一边扬鞭策马，一边叫着我的名字。我吓得扭头就往家里跑，一边哭一边叫着：门合来了，门合来了……母亲听到我的哭叫，莫名其妙，抱着我跑出去，外面什么也没有。问我，我也说不清楚，我的恐惧深深地藏在我的心里，谁也帮不了我的忙。

我就是在这么一个可怕的深宅大院里长大的，命里注定我不是一个勇敢的人。在我的性格里，总有恐惧和敬畏的一面。恐惧的是鬼怪，敬畏的是神灵。在以后的岁月里，我受到了许多现代科学和唯物主义的教育。在我的认识观里，我推崇唯物主义，相信唯物主义，并总试图用科学去解释我身边的事物。但是，我总难做到一个彻底的唯物主义者。“彻底的唯物主义者是无所畏惧的”，我总是有所畏惧。

其实，我像许多中国人一样，还是对神祇有所求的。特别是依靠自己的力量难以扭转乾坤的时候，我总是非常虔诚地祈求神灵的保佑与恩赐。

我知道，我对神灵的膜拜，除了尊重、祈求，主要是敬畏，是我的童年情结在我性格深处酿起的基因。此外，还跟我的祖父是一个虔诚的佛教徒有关，或许。

2016 年 8 月 4 日整理于通州

漫长漫长的冬季

不是说地球变暖了吗，冬天为什么还如此的肆虐?

报载，北京出现了三十年未见的超低温天气；俄罗斯则经历着1938年以来的最低温，十天内便有八十八人被冻死；蒙古的乌兰巴托，白天的最高气温才零下三十摄氏度；美国、欧洲的许多城市更是暴雪成灾，电视上的画面令人惊悚。除了酷寒，还有连续不断的雾霾，这一冬一春，北京人几乎就没看见过太阳的真面目，连天气预报都不好意思谈北京的蓝天了，仿佛玛雅人关于世界末日的预言并未过去，只是稍稍延迟而已。

在低温与雾霾的煎熬中，我常常想起孩童时代所经历的那些漫长漫长的冬天。

冷

冬天能不冷吗？不冷能叫冬天吗?

我说的冷，不是体感的冷，而是抽心的冷。在冬天的酷寒中，人冻得缩成了一团，心也缩成了一团。学习物理，印象最深的定理便是热胀冷缩，因为感同身受。心脏的体积绝对变小了，像是被冻僵了的小芥菜疙瘩。在我童年的印象中，冬天的人们都是揣着手、弯着腰、弓着身子走路的。无论男女老少，都穿着或破或旧的大棉袄，腰间勒着一根草绳或麻绳，脚下穿着笨拙的类似棉靴的毛窝。这些黑色的臃肿的人群在严寒中瑟瑟发抖，抖来抖去，说不定就抖不动了，靠着墙根萎缩下去，成了习以为常的“倒物儿”。

现在的人太娇气了，刚一入冬便要求提前供暖；春天到了还要求供暖期延长。有一次到长江边上的安庆，那里的朋友说，你们北京人太过分了，室内温度达不到十六摄氏度，就要找市长。我们这里到了零下结冰也没有人管。这说的是现在，我小时候没有取暖设施，房子也多是八面透风的“五风楼”。冬季降临之前，再穷的人家也要买点儿窗户纸，把窗户洞和窗户缝糊严，把屋里的顶棚用旧报纸补上漏洞。还有，里里外外，都要挂上厚厚的棉门帘子。除了这些防风御寒的措施，取暖便是烧炕了。

北方的炕真是一个伟大的发明。都以为炕是睡觉用的，相当于南方的床。其实炕的主要作用不是睡觉，而是取暖。炕是用长坯和方坯盘成的，这是一个很要手艺的技术活儿。在睡房里，炕占了大半的地方。先要用砖垒起一道炕墙，讲究的用砖垒，贫穷的用坯垒，有二尺多高。炕墙上铺着一条方木，无方木的亦可用砖代替，称之为炕沿。炕墙垒好之后，便形成了一个长方形的炕腔。盘炕就是在炕腔里进行的，把长条坯立起来，盘成一个迷宫似的烟道。盘炕的所有技术都在盘烟道上，因为烟道与堂屋里的灶膛相连。外面烧火，既要保证烟道畅通，又要让烟均匀地通过所有的炕面，包括四边四角。摆弄不好，灶倒烟，火苗燃烧不起来，费柴火不说，受罪的是做饭的妇女。谁家的炕盘得好，烟通火旺，那真是家庭主妇的一大幸事、乐事、顺心事。

炕腔盘好之后，上面铺上方坯，抹上细泥，铺上炕席，便是一个完整的家了。

如此一来，灶台也和土炕一样，具备了双重作用，做饭和取暖。灶台里产生的炊烟，顺着灶膛进入炕道，在炕道那迷宫般的烟道钻来钻去，把所有的热量传送到炕面上，然后再顺着烟囱钻出去。

这就是北方农村的取暖设施。当然，仅仅靠着做饭产生的那点儿热量还不够，还要加温。加温就是多烧柴，柴多烟多，烟多热量多，到了冬天，屋子里的炕面总是热乎乎的，特别是挨着灶台的炕头，摸着总是烫手。也不能烧得过多，太多了会把炕席和炕上的被子烧着的，严重的还能引起火灾。我曾经跟着一个公社领导下乡，就因为贪热猛烧，结果一床被子烧成了灰烬，那个冬天他只好跟别人挤在一个被窝儿睡觉。要知道，当时的农民，甚至包括挣工资的干部，添置一套被褥，也是一笔很大的家当。除了钱，还需要布票棉票，不容易啊！

一般的情况下，庄稼人过日子，不会把炕烧得过热的。柴与粮一样，同样是非常匮乏的。形容一个人不会过日子，会说有柴一灶，有米一锅。无论柴和米，都是要精打细算的。

外面冷，屋子里仅仅暖和一点儿。每天早起，窗户上会结着厚厚的冰花。还有一个重要的证明，炕沿底下的尿盆每天都是要结冰的。

那种冷，现在的年轻人是很难想象得到的。

风

气象专家说，今年的雾霾之所以像锅底一样扣在北京的上空，是因为没有风把它们吹散。

冬天怎么会没有风呢？没有风能叫冬天吗？

在我童年的印象里，冬天就是风和雪。有雪的时候刮风，叫白毛风。狂风夹杂着雪粒，抽打在人的脸上，霰弹一般，脸上生疼生疼，整整一个冬天，脸都是黑红黑红的，结着带血的痂，那是风吹的。无雪的时候刮的是干风，干冷干冷的，打透了棉衣，直接钻到骨头缝里。浑身上下像是没穿衣服一样，透心地冷。

有一年临近春节，我们几个孩子相约到邻村的供销社打油。那天的风特别大，有的孩子帽子带儿没系紧，被风吹跑了，我们帮助他追帽子，追出去很远很远，才把帽子抓到。刮的是西北风，我们去的时候顺风，还好办，被风吹着走，省了许多力。回来的时候就麻烦了，狂风迎面，夹杂着黄沙，扑头盖脸地吹过来。我们弯着腰，低着头，拼命地钻顶着。那时候没有柏油路砂石路，都是田间小路。风沙把小路埋藏起来，我们只能根据模模糊糊的车辙寻找着道路。风沙迷眼，我们又低着头，歪歪斜斜地朝前走。走着走着，便偏离了原来的路径，不知道跑到什么地方去了。风沙满天，抬眼望去，除了风沙还是风沙，连村庄的影子也看不见了。

迷了路，又冻得浑身发抖，手脚生疼，便一起哇哇地哭起来。哭也没有用，我们怎么样用力哭，也盖不住风的声音。不知道过了多久，母亲找来了，才把我们领回了家。

白天的风如此可怕，夜里的风便更加恐怖了。

在我们那个小村庄，大多数是土坯秫秸房。屋顶上铺的是秫秸，秫秸上抹着泥。风是无孔不入的，那些铺在屋顶上的秫秸，无论多么密，也是挡不住风的。冬天夜长，庄稼人没有任何娱乐活动，又舍不得点灯熬油，天一黑便早早地睡下了。躺在炕上睡不着，只能听外面的风吼。风吼得太瘆人了，鬼哭狼嚎。我小时候经常想，风的声音是从哪儿发出来的呢？那不仅仅是一种可怕的声音，更是一种可怕的力量。首先感到威胁的便是我们住的房子，风像一头猛兽，一边吼叫着，一边冲撞撕扯着屋檐、门板和窗户，特别是窗户，窗户纸噼里啪啦地响着，像是猛兽的魔爪。整个房屋都震动起来，包括我们身下那原本结结实实的土炕。我常常担心，如果窗户破了，我们身上的衣物被褥就会被吹跑，我们就会被冻死；如果山墙被吹倒了，上面的屋顶就会塌下来，我们就会被砸死……

夜风怕天明。天亮之后，再狂的风都会弱下来，折腾了一夜，风也累了。

担惊受怕的我们早早地被父母赶起来，刮了一夜的大风，肯定会有收获的：村边树上的枯枝可能会被吹折，生产队场院的草垛可能会被吹散，有些陈年老屋可能会被吹倒，有些东西捡回来都是好柴火。寒冷的冬天，柴火是最珍贵的，甚至可以说是保命的。

饿

在相同的环境和温度下，现代人比过去的人抗冻了。还见有人穿老羊皮袄吗？还见有人戴狗皮帽子吗？还见有人穿又厚又笨的翻毛皮靴吗？当年用来御寒的一些常见的衣物也无影无踪了，譬如主腰子、套裤、棉套袖、皮耳套，等等。究其原因显而易见，现在人吃得饱了，吃得好了，身上长肉了。动物积累脂肪，一是为了储存能量；二是为了御寒。一层膘顶三层棉。腹内空空，如同炉中灰烬，燃不起一点儿火苗儿了；鱼肉果腹，便如炭旺煤红，热气腾腾。

那些年真是饿惨了，正是我们身体发育的黄金时期，却终日终年饥肠辘辘。想方设法填进嘴里的那点儿可怜巴巴的“进口物”，仅仅够维持生命之火不熄。身上瘦得皮包着骨头，躺在炕上仰着，薄薄的肚皮塌在了腔骨上，老百姓叫作“前腔贴后腔”。十三四岁的孩子，走在大街上摇摇晃晃，细胳膊细腿，长脖大脑壳，像是非常滑稽的外星人。我现在大腹便便，总是想方设法控制体重，脖子都看不见了。记得有一年春天我到大队部去，一个女会计惊恐地叫着：这孩子脖子怎这么长呀？那是饿的，脑袋不会缩小，脖子会细，细脖大脑壳，是当年孩子们的典型形象。

我的中学，要到离村六华里外的一个叫作马驹桥的小镇上去读。这样，食堂特许我们可以带一顿中午饭。当时的食谱是这样的：早饭一碗稀粥，或红薯面或高粱面；中饭每人两个小窝头，或高粱面或杂和面，说得夸张点儿，那窝头比核桃大不了多少；晚饭依然是稀粥。早晨我们一扬脖把稀粥倒进肚子里，肚子空空的，叫得更厉害了。书包里那两个小窝头像两只揣在怀里的小耗子，八爪挠心。谁有那么大的自制力？还没走出村，那两个小窝头都不知不觉地跑到肚子里去了。肚子还是空空的，没的可惦记了，也就踏实了。这得整整“踏实”一天，中午干饿着，直到晚上回家再到食堂一扬脖把那碗稀粥喝下去。

我不知道现在青春期的孩子夜里睡不着觉想什么，也不知道睡着了梦见什么。反正我青春期的时候，差不多每时每刻都想的是同一个题目：什么东西可以吃，到哪儿能找到吃的东西，什么时候可以饱吃一顿净米净面的窝头？外面北风呼啸，屋里冷如寒窑，我们蜷缩在薄薄的棉絮中打着哆嗦。

三年大饥馑之后，日子好了一点儿，能入口的东西多了一些，但是仍然要掺糠拌菜，艰难咀嚼着现在连牲口都不吃的东西：粉渣、豆腐渣、油渣、豆饼、棉籽饼、玉米骨头、树根树皮……大食堂散了，粮食按照定量分到了各家各户。领导不放心了，生怕有的人不会过日子，有柴一灶，有米一锅。当年干部的主要责任便是看管好百姓的餐桌，看看他们每天吃的是什么，有没有铺张浪费。连日理万机的领袖都周到细致地规划着百姓的餐桌：节约粮食问题要十分抓紧，按人定量，忙时多吃，闲时少吃；忙时吃干，闲时半干半稀，杂以番薯、青菜、萝卜、瓜豆、芋头之类。

母亲的勤俭和精微的算计，能节省出一点儿珍稀的粮食。我们馋极了，便央求母亲做一次不掺糠菜的窝窝头。母亲做了几个像我们的小巴掌大小的玉米饼子，分给我们每人一个。她和父亲却不吃，依然吃着那让胃里冒酸水的红薯。我们望着金灿灿香喷喷的小玉米饼子，垂涎涟涟，刚要伸手去抢，门响了。凭着直觉，母亲知道有人来了，急忙把饽饽笺端起来，塞在桌子底下。留在桌子上的是稀粥和理直气壮的红薯。村干部进门了，我们紧张得连头都不敢抬。如果被发现吃玉米面的饼子，不但粮食要没收，还要拉着父母到村里批斗。好在父母亲平时为人老实，村干部也没太认真，便没有进一步搜查。等村干部走了，我们再把那饼子往嘴里填，便失去了许多的滋味儿。

人类有自己觅食的天性和天分，不需要学习。家里吃不饱，就跑到外面去寻寻觅觅。挖野菜，采野果，捉鸟，捉鱼，捉青蛙，甚至到生产队的田地里偷瓜，偷麦穗，偷玉米……可是要等，等到春暖花开，等到秋实累累。现在是冰天雪地的寒冬，所有的绿色和有生命的东西都消逝了，留给我们的除了饥寒便只有等待了。

累

农民的冬天虽然很苦，却是很闲在的。千里冰封，万里雪飘，锄入库犁上墙，农民们无事可做，便自己找乐子：串门打牌唱大戏，喝酒聊天娶媳妇，赶集上庙造小孩子。这种生活状态称之为“猥冬”，自古皆然。

自从合作化之后，上面的“动员”一个接着一个，冬闲变冬忙。忙啥呢？主要工程是兴修水利，领袖说，水利是农业的命脉，农民便在“命脉”上奔起命来。现在看来，那些年所谓的“水利工程”大多是为了响应“号召”的应景之作和政绩工程。我们家乡原本就是低洼易涝的盐碱地，却硬要生搬硬套地修水库。水库修起来了，小水洼变成了大水洼，盐碱更厉害了。

工程也有好处，每人发一个不掺糠的大窝头。就是这个金灿灿的大窝头诱惑了我们，使我们这些饥肠辘辘的学生也主动地参加了“战斗”。工地上很是热闹，红旗猎猎，标语满天，高音喇叭撼天动地。热闹是热闹，就是没有什么功效，在领导不在的情况下，多数人都在“磨洋工”。特别是我们学生，原本就是冲着那个金灿灿的大窝头去的，窝头到手了，谁还有心思干活儿呢？

干活儿的时候出点儿汗，身上还热乎一点儿，冰天雪地里干坐着，弄不好就会冻成冰棍儿。人天生有一种惰性，宁肯挨冻也不愿意干活儿。光挨冻也不行，得想办法找个避风御寒的地方。

一马平川的大平原，连个犄角旮旯都找不到。于是人们开动脑筋，在地上挖土窝窝儿。

冰冻三尺，先用铁锤钢钎打一个洞，再顺着洞往里面掏。掏出的土堆在洞上面，用铁锹拍实，浇上水，便铸起一道冰墙。洞挖好了，也是一个不小的工程。人们挤在洞里，风吹不进来，冰层底下的地气还有些暖意，一个很舒服的安乐窝。躲在安乐窝里还要提高警惕，外面有人放哨，村干部或公社干部来了，赶紧从窝里爬出来，拾起锹镐钢钎，装模作样地“战天斗地”。有一个伙伴儿不怕，因为他是村长的儿子。别人都装模作样去了，他依然窝藏在洞里。或许这就是天意，洞上面的冻土突然坍塌了，他被砸在了里面。

人们惊呼着慌乱地把村长的儿子救出来，马上抬到镇卫生院。可是已经晚了，据说是把“罗肌”砸破了。若干年之后，我才知道所谓的“罗肌”原来是人体的横膈膜。村长的哭声惊天动地，我们都瑟瑟发抖，像世界末日一样无所适从。从此，家长们便不让我们去“工地”了，我们似乎也意识到了危险。跟宝贵的生命相比，那金灿灿的窝头算不了什么了。

为了实实在在地把冬闲变成冬忙，除了兴修水利，上级领导还设计出了许许多多的“政治任务”，譬如挖河泥积肥，修造“大寨田”，往麦田里铺雪、撒尿等，反正不能再“猥冬”了。甚至为了过一个“革命化”的春节，腊月三十都不放假。

在漫长漫长的冬季里，累成了我们最深刻的记忆之一。

皴与疮

当年没有觉得怎么样，现在想起来，最难以忍受的，便是冬天的脏。北方的冬天差不多有半年的时间，在这漫长的岁月里，不洗澡，不换洗衣服，想想那是什么滋味儿？被子是黑的，枕头是黑的，油光光的，散发着浓浓的油泥味。有一年下乡“抗震救灾”，临近春节的时候，一位公社副主任拉着我到粮库的集体浴池里洗澡。他脱下绒衣绒裤，我立刻闻到一股令人作呕的味道。他那扔在椅子上的绒衣绒裤已经破碎得丝丝缕缕像张破渔网了，再一细看，上面还蠕动着一片一片的拖着大肚子的虱子。趁着他不注意，我拿起叉子把他的衣服挑起来，扔进了正在熊熊燃烧的锅炉里。锅炉里立刻噼噼啪啪地响起来，那是焚烧虱子发出的爆裂声。洗完澡他找衣服，我说烧了，他立即跟我急了，说我还穿呢。没办法，我只好到供销社又给他买了一套绒衣绒裤。

这还是公社领导，他还有绒衣绒裤可穿，村里大多数人光着身子穿棉衣棉裤的，我们称之为“硬山搁”。一冬天下来，棉衣里外都破成了大窟窿小眼，白棉絮变成了黑棉絮，黑棉絮里的虱子滚成了蛋。这说的是衣服，衣服里裹着的身子便可想而知了。

一冬天不洗澡，手、脚、膝盖上都结了厚厚的皴。皴是死皮和污垢板结而成的，牢牢地粘在皮肤上，要想洗掉它是非常困难的。那时候也提倡“讲卫生”，上课的时候老师还往往检查同学们的手。女同学还好，男生则个个一双小黑手，谁也不好意思伸出来。皴越结越厚，厚到一定程度便干裂开来。于是，一双双小手裂满了大大小小的口子，口子里渗出了黑黑的血渍。

皴裂最厉害的是脚，特别是中老年人的脚。干裂的口子很大，露着鲜红的嫩肉，庄稼人形容像小孩儿的嘴。家家户户都预备下粘裂口用的小膏药，每到晚上一个个抱着脚，对着小油灯将膏药烤化，粘在裂口上，又烫又疼，一个个龇牙咧嘴，那样子非常滑稽。

除了皴裂还有冻疮，这是冬天的流行病。手上、脚上、耳朵上，冻疮一层压着一层，肿胀得像发面，流着脓血。在外面冻着还好受，进了屋里，暖和过来之后，生着冻疮的地方便痒得钻心，那滋味儿苦不堪言，记不清当年是怎么忍受下来的。

这似乎是非常遥远的事情了。当我写完这篇小文的时候，外面突然云破天开，灿烂的阳光清水一样倾泻在大地上，天地间的万物终于感受到了久违的春意，漫长漫长的冬季总算过去了。

2013 年 4 月 25 日于北京

我那匹可怜的老马

每当我听到有人唱起俄罗斯民歌《三套车》的时候，便会想起我那匹可怜的老马。三十多年过去了，它那瘦骨嶙峋、摇摇欲摔的身影，总在我眼前晃动，让我挥之不去，忆起心酸。

庄稼人的孩子天生地喜欢牲口，这跟祖祖辈辈原始的生产方式有关。从上小学的时候起，我们每逢星期天或寒暑假，都要到生产队去参加劳动，为的是挣一点儿工分，辅助父母维持生计。没有谁提出我们是童工，都认为是天经地义的事。

生产队的工种有多种，但对于我们孩子来说，最高兴的莫过于让我们侍弄牲口了。主要的活计有跟车（跟着大车把式装车卸车）、拉墒（我们在前面拉着牲口，把式在后面扶着犁）、打磙子（我们拉着牲口，牲口拉着一个石磙，轧土或轧苗）。牲口也有多种，骡马驴牛、青壮老弱。最幸运的就是能轮上一匹马，再健壮一点儿更好。因为除了干活儿，收工的时候我们还可以骑在它的背上往村里赶，威风得像凯旋的战士，这是我们的特权，连真正的把式都无比殊荣。

我倒是轮上了一匹马，青灰色的，高高大大。可是它太老了，太瘦了。皮包着骨，身上的骨架子像是干劈柴绑扎起来的。骑在它的身上，加上我也瘦，瘦骨硌瘦骨，没进村屁股就硌出了血，好几天走路都哈巴着腿。

那正是三年大饥馑时期，人都吃糠吃树皮，还能有牲口的份儿？它们能活下来就不易了。我那匹老马越来越瘦了，走路都摇摇晃晃，四条腿绊蒜，总像是要摔倒的样子。不能骑，我不骑就是了，无非少了几分少年难得的威风。急的是它干不了活儿，拉一个石磙子，本来算不了什么，它却很吃力。走两步，就停下来。我用鞭子抽它，它无动于衷；我用鞭杆打它，鞭杆在它的瘦骨上嘎嘎地弹跳，把我虎口都震裂了。它拉着石磙子不走，低着头拱着地上的泥土。我明白它是饿的，本能让它向土地索取活命的“进口物”。正是青黄不接的时候，光秃秃的大地上什么也没有。然而它仍然不失望，任你吆喝任你打，它就是不向前移动。

打磙子或轧土或轧苗，都是有定额的。我们的那一份定额完不成，谁也别想回家吃饭。尽管回去之后我吃的是糠它吃的是草，肚子可早就等不及了。它饿我也饿，可是活儿还得干。为了让它干活儿，我就到田头折了几枝刚刚发青的柳条儿，放在它的鼻子下。它刚要伸嘴去叼，我就把柳条儿向前移，它只好拉着磙子往前追。就这样，我又哄又骗，勉强让它把磙子往前拉。那情景，现在想来，不仅非常滑稽，也令人心酸。

终于有一天，我的老马倒下了。它是倒在饲养室的门口的，任谁怎么拉怎么打，再也起不来了。终于，队长说话了，杀了分肉吧。

当时，农村流行着这么一句话，队里的大骡子大马死了，没有人心疼；要是谁家的小鸡崽丢了，女主人能骂三天三夜。我的老马死了，何止是没有人心疼，不少人都像过年一样的高兴。仅仅是因为能分到一点儿可怜的马肉。

我不知道那一天是怎么过来的，人们奔走相告，端盆端碗抢着来分马肉。我却站在远远的地方看着，我气愤人们的幸灾乐祸，不忍看着我的老马被一小块一小块地宰割，可又不愿意离去。肉分光了，剩下的只是马头和骨架子。按照当时的规矩，这不能分的一部分，就放在炒料的大锅里煮。煮熟了，村干部和饲养员可以来吃，孩子们也可以来吃。晚上，小伙伴们都兴高采烈地往队部跑，为的是啃那马骨头。我也去了，却没有往锅边凑。我那饥肠辘辘的肚子，一点儿也没被煮马骨的香味所诱惑。

那张青灰色的马皮就钉在饲养室的土墙上，殷红的鲜血顺着墙根流到了地上，星星点点的，招来一群同样饥肠辘辘的苍蝇。紧绷的马皮上，还留着我鞭杆敲打的伤痕。我摸着那干涩的皮毛，眼泪忍不住流了下来。

1997 年 10 月 24 日于桑梓轩

挽不住的乡愁

一

乡愁如梦，抑或说，乡愁即梦。

自从离开那个我曾经厌恶的小乡村之后，我的梦境便被一些真实的影像占据了。我家住在村子的最西边，最初的时候已经算是村头了。那是因为父亲兄弟两个分家，老宅分给了伯父，父亲只能在原来的场院重新盖房。场院一般是在村边或村外的。那时候我四五岁光景，还没有上学。因为我清清楚楚地记得，盖房的时候我和祖父住在一起，每天都掐着小手指头算计着，还有多少天便能搬进新居。

那个梦境是这样的，我从村西头的家里走出来，穿过长长的中街，出了村东头，继续向前，向前。眼前出现了一座高山，山是圆柱形的，圆柱形的山顶上有一座金碧辉煌的庙堂。我的家是平原，一马平川，最近的山也在百里之外，小时候我是没有见过真正的山的。

20世纪80年代初期，我随《青年文学》笔会去泰山，火车上，我向对面的女编辑描述我的梦境，她在一张纸上把我梦见的高山与庙堂画了下来。她很有绘画天分，我便将她涂鸦的“作品”收藏在上衣的口袋里。而后登泰山，徒步，当攀上南天门的某一处的时候，玉皇顶出现在了我的眼前，我惊愕了，忙从口袋里掏出那张画作展开，我的梦境就在泰山极顶上。呼女编辑来看，她也说像，很像。

我不知道这梦境意味着什么，莫非我的前世曾经在太清宫里修行过？若干年以后，张海迪的妹妹张挪威带着我和友人重登玉皇顶，范道长请我们在碧霞元君祠吃斋饭，并为我们打卦。我把我的梦境和道长讲了，范道长只说了两个字：有缘。

奇怪的是，自此之后，我再也见不到这个梦境了。

二

按照弗洛伊德的说法，梦是一种被压抑的欲望。我自认为，这个梦境至少包含了我少年时期的一个强烈的欲望：离开这个小乡村，到外面的大世界里去。

在我童年的记忆里，这个小乡村贫穷、偏僻、寂寞，还有几分神秘和恐怖。

它有一个高贵的名字：驸马庄。据说是明代某驸马爷的庄园，无考。村子不大，百十户人家，三条街道。分北街、中街和南街，北街一大姓，北吴；南街一大姓，南吴；中街姓杂，多是孤门独户，包括可以延伸算是中街的我家。孩童时期的我是孤独的，常常也走街串巷，消磨单调寂寞的时光。南街东边有一大坑，常年有水，是村民盖房取土形成的，放在现在就是极好的光景，完全可以改造成一个街心湖。我沿着湖边绕一圈儿，想到中街去，走进一条狭窄的胡同。胡同突然断了，一个小小的门楼。进了门楼就是一个小小的院落，院落直通正房的堂屋，穿过堂屋便是中街的街面了。

我总是记着穿过堂屋的细节，因为常常看到那家人在堂屋里吃饭，需要从他们的饭桌后面绕过去。无须跟人家打招呼，那家人对于往来穿堂而过的人也熟视无睹。

到了中街街面上，斜对面有一个门楼，进了门楼又是一个院落。这个院落有点儿气派，都是砖瓦房，是原来地主的宅院。也是从宅院里穿过去，还要进入另一个宅院，再转过两三个拐角，便来到了北街的街面。

我一直觉得这是一种梦境，从一条街到另一条街，怎么可以从人家堂屋里穿过呢？怎么可以在人家的宅院里拐来拐去呢？

但这不是梦境，三年前，当我的家乡面临着拆迁要从地球上彻底消失的时候，我回到了这个小乡村，我重走了那条道路。当然，那可以随便穿行的堂屋没有了，那个拐来拐去的院落也没有了。遗迹尚存，老人说，你记得不错，就是这样的。这两家都姓吴，堂屋的那家属于南吴，院落的那家属于北吴。因为他们盖房的时候占用了官道，所以他们的堂屋和院落才可以随便出入。

占用官道的人家应该是有相当势力的，有相当势力的人家竟然如此讲理，这恐怕也成了遗风了。

三

我经常梦到北街，相比之下，我还是最熟悉北街的。我家的老宅有一个后门，后门外面就是北街。北街总是冷冷清清的，很难见到一个人。有一次跟北街的几个孩子打了架，他们在街中间画了一道线，不让我过了。

不让我过我还真的不过了，这如同画地为牢。地上画一个圈儿，让犯人站在里面，犯人居然老老实实地自我囚禁着。是犯人太老实，还是人类太忠厚，或者社会的诚信度太高？

我必须要到北街的东头去，因为姥姥就在东北方向的邻村，不走北街便只好绕道中街。

或许就是因为这种童年的限制，北街便常常出现在我的梦境中。就是从他们画的那条“界限”开始，出村，经过一片菜园子，再往北，眼前豁然开朗，出现了一片江南水田。水田是边界上被一道高高的土城隔开，土城周围有城墙，城墙内有零零散散的建筑。这些都不吸引人，吸引人的是那片水田，波光粼粼，秧苗碧绿。常常梦见的不是在那里劳作，而是玩耍，有时还光着屁股洗澡，其乐融融。

我无法验证这个梦境。

量子理论之父马克斯·普朗克博士说，世界上根本没有物质这个东西……所有物质都是来源于一股原子运动和维持紧密一体的力量，我们必须认定这个力量的背后是意识和心智，心识是一切物质的基础。

佛说，凡所有相，皆是虚妄……一切有为法，如梦如泡影，如露亦如电，应作如是观。

道家说，无极生太极，太极生两仪，两仪生四象，四象生八卦……一生二，二生三，三生万物。

佛家的“空”，道家的“无”，科学家的“量子”，都殊途同归不谋而合地解释了一个虚妄的世界。

我相信，梦是真实的，而现实却是虚拟的。

四

还有一个梦，非常清晰的，是关于南街的。出了家门往南，不远处，是一条街道和几个院落。它有时候很近，似乎就是我们村庄的一部分；有时候又很远，过了武汉再往南，应该属于湘界了。几个院落是可以随便出入的，都是篱笆院墙篱笆栅栏门。屋子里没有床铺，地上铺着稻草，却睡着许多莫名其妙的人。很原始，又很现代。现代起来如同按摩院或洗浴中心，里面有一些女孩儿，更多的则是中老年妇女，当然也有男人。如同我上面提到的梦境一样，在相当一段时间里，这个梦也是反复出现过的。

实际上，村子南边还是跟我有着很深的渊源的。首先，我家的祖坟在南边，很大的祖坟，高高低低总有几十个坟茔。

除了祖坟，还有几亩碱地，后来合作化，地也没了。记得我几岁的时候，还有一些自留地，也在村子南边。很清晰地记得，我在自留地里间苗，来了两个与我年龄相仿的女孩儿，一个是姑姑，一个是侄女。我像大多数农村孩子一样，劳作的时候是光着屁股的。她们的到来我也没有把裤子穿上，很正常。都说女孩儿性意识唤醒得早，我那次真正地体会到了。她们围坐在我身边，想方设法地向我“偷袭”，还说了一些成年人才敢说的粗话、丑话。我有点儿恼火，又有点儿新奇。正在我无奈的时候，邻居小伙子扛着锄头过来了，把两个女孩儿吓跑了。

这可能与我村南的梦境有关。

五

我从来没有做过有关村西边的梦，实际上我跟村西边的关系最大。

出村向西六华里，便是著名的京畿古镇马驹桥。马驹桥距皇城四十华里，是皇家猎苑南海子的东大门。我的高小和初中都是在这座古镇上读的，我参加工作后供职的第一个地方也是在古镇上。村西是我人生求索的方向，是我改变命运的出口，是我生命的圣地。

可是我为什么没有梦见过村西呢？

我却做过许许多多关于村西的白日梦，不仅仅是我，还有我同村的热血青年。

我们村坐落在一片低洼的盐碱地里，每到雨季，这里便是一片汪洋。村子里多是土坯房，经不住雨水的冲刷和浸泡，坍塌是难免的。房屋的坍塌对于摇摇欲坠的庄户人家无疑是一场巨大的灾难。房倒屋塌后村子里一片破败，街道成了泥泞堆积的肮脏的沼泽。每到这个时候，进村很难，出村也很难。我们是必须要出村的，因为要到镇上读书。困境中我们便生发了迁村的梦想，把村子迁到两华里外的阳台子。

阳台子不但地势高，土质也好，半沙，渗透力强，不会积水。还有一个更重要的原因，这里是原来村庄的旧址。据说叫大元村，由于战乱，村庄被烧毁了。重建新村的时候，东迁两华里，恐怕也是无奈。

还有一个好处，村子西迁离古镇近了。离古镇近了我们上学就方便了，庄户人家赶集，进京赶汽车，都方便了。何乐而不为呢?

迁村谈何容易，不要说钱，这宏伟的蓝图由谁设计，又由谁实现?仅仅是一个梦，我们当时就觉得滑稽得可笑，说说而已，笑笑而已。

六

这个梦真的变成了现实，它来得如此突然，猝不及防。先是小道消息，后来有了公开的告示：驸马庄要搬迁。

2013年的夏天，我冒了酷暑，回到了离别四十余年的故乡。我是带着笔记本电脑和照相机来的，这个小乡村将要在地球上消失了。工业化和城镇化就是一个巨大的黑洞，小乡村就是一个被吞噬的星体。我要把“星体”坠入黑洞前那一刹那的光辉记录下来。

此前，新技术产业开发区即亦庄开发区已经吞噬了古镇的五个村庄，古镇成了亦庄开发区的后院。一个庞大的物流中心将古镇和我们的小村连为一体。那个小乡村穷还是穷，再也不偏僻了、不寂寞了。几次驱车前往，都找不到回家的路，问路边的人，却听不到一个乡音。村子里也住满了陌生的人，家家户户都成了房主，租金成了村民的一大经济来源。

果然把村子西移了。西移后的村子没有院落，只是几栋水泥筑起的高楼；西移后的村子不再称为村庄，叫作小区；西移后的村子不再保留那个高贵的名字，改成了一个时尚的不伦不类的雅号。

我住在物流中心的生活基地，每天都要到村里去。我跟认识的不认识的村民们聊天，听着村民们对拆迁补偿的种种不满，看着推土机轰隆隆开进了我家的宅院。

房子倒了，很快夷为平地。我亲手栽种的已经长成了水桶粗的大柳树也倒了，五棵，像被击倒的老人。没有挣扎，没有呻吟，连一声叹息都没有。

他们认命了。

我应该高兴才是，这不是我的梦想吗？可是，我心底的声音告诉我，我的梦不是这样的。我们做梦的时候太缺乏想象力，怎么也不会设计出这么惨烈的结局。

我的心在疼，像梦一样的疼。

这也许就是乡愁，乡愁应该是一种疼痛。

疼痛像一只断了翅膀的鸟，在灰暗的天空中趔趔趄趄地飞翔。它是在飞翔，逃跑般的飞翔，似乎还有弱弱的哀鸣。它渐渐地远去了，连一片影子都没有留下。

挽不住的乡愁。

2016 年 6 月 16 日于紫荆园

北京的雨季

北京遭遇六十一年以来最大降雨量致使七十八人丧生的悲剧之后，又迎来了两天两夜的连阴雨，这让久旱多年的北京人突然对降雨有了恐惧。从盼雨到惧雨，使许多年轻人一时转不过弯来。而年逾半百的老北京人，却对持续的连阴雨司空见惯，记忆犹新。

我出生的那个小乡村称之为天子脚下，皇城南二十公里，历来被称为“三涝一碱”的贫瘠之地。“三涝一碱”亦即为低洼易涝，春旱秋涝，十年九涝，碱则为盐碱地。盐碱地多为沙性土壤，而我们的地却是胶黏土：晴天硬似铜，下雨一窝脓。那脓又黏又稠，双脚踩下便陷进去，用很大的力气才能拔出来。妻子第一次跟我回老家，最深的印象就是，去年的车道沟，今年依然还尖利如锋。

如此地形地势及胶黏土质，乡亲们对雨季的到来既是盼望，又是诚惶诚恐。

雨季之前必是大旱，春旱秋涝嘛。常常一春无雨，地干硬得像粗粝的岩石，“三月无雨旱风起，麦苗不秀多黄死”。乡亲们盼雨，望着坩埚一样的天空叹息。而孩子们看到一阵黑云飘过，便跳着脚扯着嗓子喊道：“老天爷，快下雨，打了麦子请请你。”

大旱不过五月十三，阴历六月便是多雨的季节。雨说下便下起来，下起来便没完没了。据气象记录显示，北京地区每隔两三年便有一次洪涝灾害。现在下两天两夜的雨便让人难熬畏惧，那时候的连阴雨少则三五天，常见的七八天，多则十几天。最厉害的要算是1939年，连续降雨达四十天。想一想，一个多月不见太阳，天天淅沥沥哗啦啦雨声不绝，闷也要闷死了。我说的是现代人，那时候的老百姓不怕闷，比闷更可怕的事情多得是。

那时候连阴雨的结果就是八个字：房倒屋塌，沟满壕平。

先说房倒屋塌。那时候农村很少有砖瓦房，大多是土坯房。好一点儿是“齐门心”“里生外熟”。所谓“齐门心”，就是房山和后墙周围是用砖垒的，中间是土坯搭成的。有点儿类似现在建筑的砖混结构，四周是水泥梁柱，中间是砖。所谓“里生外熟”，就是里面是土坯，外面是砖。还有屋顶结构，最好的是横梁立柱满柁满架。就是说，有柱，有柁，有檩，有椽子，即使四面墙倒了，屋架还能竖立着，不至于伤人。最差的是硬山搁檩，没柱，没柁，直接把檩条放在土坯墙上。设想一下，只要一面墙倒了，整座房屋便轰然坍塌。再有，砖瓦房的屋顶上面铺的是瓦，不渗水，不漏水，不积水，而穷人的土坯房，屋顶上铺的是芦苇、秫秸、茅草，抹的是花秸泥。雨水点点滴滴地渗透进去，房屋没倒，屋顶便成了一摊稀泥。

连阴雨只要下两三天，房倒伤人的事件便会接二连三地发生。雨天，人们下不了田，躺在炕上听雨。听雨不是欣赏风声、雨声，而是提心吊胆地倾听着前后左右的轰隆声。轰隆声起，根据方位便可判断出是谁家的房塌了。于是，急忙披着蓑衣出去救人。

为了尽可能防止房倒屋塌，麦收之前，家家户户都在忙着脱坯、打炕、抹房，这种活儿很累，又需要合作，所以乡亲们都互相帮工，精诚合作，谁也不会计较轻重多寡。

在我童年的记忆中，雨季是看不见父母的笑脸的。担忧和恐惧使他们每时每刻都处于绝对紧张状态，脸色便像天气一样阴沉着。父母阴沉的脸色使少不更事的我们也庄严起来，不再敢乱打胡闹了。灾难终于来了，我们的西房山坍塌了。父母亲冒雨把我们转移到表大爷家避难，表大爷家是砖瓦房，又在村子的高处，煞是安全。孩子们没有忧愁的，表大爷家宽敞的房子和阔气的摆设让我们兴奋不已，更为新奇的是，他家有一个矿石收音机，戴上耳机可以听见里面有人唱戏，有人说书，有人说相声。我就是在表大爷家的矿石收音机里，听到北京人艺的话剧《关汉卿》的。怎么也不会想到，若干年之后，我能在演《关汉卿》的大剧院里供职。

再说沟满壕平。我们的村庄地势低洼，村里村外有许多大坑，名之为使土坑。大概从建村的时候起，人们脱坯建房便在这公用的地方取土，久而久之，便形成了大坑。这些大坑常年积水，春天可以抓鱼，夏天可以游泳，秋天可以采莲藕，冬天可以滑冰和挖河泥。除了这些大坑，还有横七竖八的街道和通往村外的官道。由于人们建房的时候总是尽可能把地基垫高，街道和官道便远远低于两旁的房屋。浅些的低三五尺，深些的可低丈余。雨季一到，这些街道和官道便自然成了河流。有时候，大水浸漫到房屋的墙壁上，那些街道便深不可测了。常常有人不小心，脚下一滑，便被淹死在街道上了。

所谓的沟满壕平，就是街道、官道上的水满了，村里村外的大坑也满了。村里人都是吃井水的，有官井，有私井。那时候地下水位浅，挖个三五尺便是一口土井。土井是用来浇园子用的。砖井才是供人吃水的，沟满壕平之后，各式各样的井也都被淹没了。官井的井台高，或许还能露出一截，但是里面的水却跟街道上持平了。人们到井里取水，不用辘轳或吊桶了，直接用水桶舀，当然，舀出来的是浑浊的井水。

村子北边有一条凉水河，凉水河的上游是浑河，浑河的上游是永定河。永定河又叫无定河，洪涝决堤是常常发生的。一旦洪水泛滥，不但村庄是一片泽国，田间也是汪洋一片。雨季多发生在夏末秋初，有时候会延续到中秋。这时候，田里的许多庄稼都半熟了。人家为了把辛辛苦苦种的庄稼收回来，只好冒着雨游着水去抢收。

抢收的时候，每个人都要带着一个大笸箩。田里的高粱、玉米、谷子都被淹没了，只挣扎出顽强的尖尖儿和穗穗儿。人们游在水里，大笸箩漂在水面上，把那些半熟的高粱穗儿、谷穗儿和玉米棒棒儿摘下来放在笸箩里，然后推回家，等天晴后晒干，多少也会有些收获。

什么叫天放晴了呢？我在新近完成的长篇小说《漕运古镇》里写道，要等到蛤蟆欢畅起来的时候。“蛤蟆在雨水中被压得气息奄奄，好不容易盼着雨停了，迫不及待地要出来透口气。有一种叫作囊鼻儿的小蛤蟆，圆鼓鼓的，平时深藏在地下七八尺的地方。雨水把地下水接通了，它们惊恐地爬上来，发现外面居然是这么一个敞亮的世界，雀跃着欢唱起来。庄稼人都有这个经验，只有听到蛤蟆叫成一片，只有在成片的蛤蟆声中听到囊鼻儿的高唱，天才真的算是晴了。”

这便是我记忆中的北京的雨季。

2012 年 8 月 7 日于通州

第 二 辑

筑巢而居

一

城市是水泥的森林。在我童年的记忆里，组成乡村的最明显的元素就是土和泥。这是地球上最原始的物质，不经过任何化学加工便可以为我所用。道路和街道是土的，坑坑洼洼，晴天三尺土，下雨一窝泥；村庄里的房屋大多数是土的，所谓的泥土房、茅草房、秫秸房，还有的称不上房子，棚或窝或统称窝棚。当年大寨人提出先治坡后治窝，指的是窑洞；而大庆人的干打垒，则与我们的居所近似。

耕者有其田，居者有其屋，乃世世代代中国人的美丽的梦想。庄稼人的小康生活标准是三十亩地一头牛，老婆孩子热炕头。热炕头在哪儿？当然在窝里，金窝银窝不如自家的草窝。有个地方住，便有了安身之处，就知足了。

这很难吗？很难。

我的祖上还算是殷实的庄户人家，留下了一座小院，分前后两进。后院是磨棚茅房牲口棚，前院则是一个“三合房”。所谓“三合房”，就是有正房和厢房。正房五间，东西两边的厢房各三间。顺便说一句，若是“四合房”，则要有“倒座”的。“倒座”即南房，东西南北要合围的。

我们的“三合房”有点儿凑合，正房五间是砖瓦房，质量很好，一直到我的故乡沦陷前还存在着。厢房则是土坯房。父辈兄弟两个，分家的时候，正房归了祖父和伯父，厢房分在父亲的名下。分家的时候，东厢房因为年久失修已经坍塌了，西厢房也摇摇欲坠。大概考虑到我们在厢房住不长，需要搬家，便把场院分给了我家。

场院大概有二亩地的样子。平时堆放着花秸柴草之类的，大麦两秋才能派上用场。场院里有两间小土屋，算不上房子，只能称之为“棚子”。家家如此，反正也很少住人的。

在我五六岁的时候，父母便雄心勃勃地着手在场院里建造自己的新房了。这可能是年轻的父母亲的第一梦想，至于他们是否还有别的什么梦想，我便不得而知了。

二

庄稼人盖房子是一个巨大的工程，是贫弱不堪的农民很难承受的重负和压力。

盖新房就需要拆旧房。原本就只是“十三层前脸儿”“硬山搁檩”的土坯房，拆下来也是几筐碎砖头和一堆土。需要的只是几根还没有朽烂的柁木檩件。新房只能是因材而建。偌大的一个场院，建个四合院都有富余。手里没钱，只能建三间寒酸的土坯房吧。

建房需要砖瓦木料。砖瓦有多少用多少。木料吗，有什么用什么。晚了，连想都不会想，太奢侈了。

地基挖好之后，就要垒墙了。旧房拆下来的碎砖头，拼凑整理一下，刚好够十三层前脸儿，剩下的只能用坯了。

坯有两种。一种是把泥掺花秸和好，用模子脱出来的，叫水坯；另一种就是用黏土直接打出来的，叫土坯。用水坯盖房子，多是在运河以东地区。我们那个地方，用的是土坯。在整个盖房的过程中，我印象最深的就是土坯了。

制作土坯叫作打坯。打坯是个技术活儿，更是个力气活儿，属于农村活茬儿中的四大累之一。

打坯之前，先要选土和做土。选土是很讲究的，黏性和沙性都不能太强，需要比例适中的两合土。土从地下挖出来，经过筛选掺和堆放在地面上，高高的像一个小土山。小土山下面，就是刚才挖土形成的那条沟。这条沟也是很讲究的，只有一人宽半人深。

打坯需要两个人的密切配合。一个人站在沟里负责供土，一个人站在上面操作。干旱的春天，阳光很耀眼。在青黄不接的空旷的田野上，两个精壮的年轻人，光着膀子，在阳光下展示了他们健硕的肌肉。上面打坯的把式赤膊上阵了，挥动着手臂，像舞台上的主角出场。他先把坯模子放在地上组装好。紧接着，下面的年轻人抓起一把草木灰，潇洒地撒在坯模子里，然后挥着铁锹往坯模子里装土。一连三锹，模子里的土高出了边框，上面的打坯的把式跳上去，用脚把多余的土踢掉，再跳跃着一脚一脚地踩实。然后，抄起身边的坯打头，开始操作起来。

所谓的坯打头，是一块正方形的石礅，有二三十斤重。石礅上插一根木桩，木桩上横着一根半尺多长的木棒。打坯的人手握着木棒，挥动着坯打头，捶打着坯模子里的土。先打四角，再打中间。土坯打好之后，顺手用坯打头往后边一磕，坯模子便自动打开了。打坯把式把打好的土坯搬起来，码放在周围。在上面的打坯人码放土坯的时候，下面的供土人抄起散落在地上的坯模子，迅速地组装好，又挥手撒灰供土。如此算是工序，两个人配合默契，动作干净利索，充分体现出来人类的劳动之美。

这道工序的标准要求是“三锹六脚十二夯”。供土人往坯模子里装土，前面一锹，后面一锹，中间一锹，三锹土装满坯模子；打坯的把式跳上坯模子双脚踩土，先踩中间，后踩两头，名为三脚；打坯的把式用坯打头夯土，这是技术活儿，既要将边边角角都夯实，又不能碰到坯模子的边框，需要砸十二下，故曰十二夯。

码放打好的土坯也是非常讲究的，弧形的，先码好底层，然后一层一层往上摞。每一层都有固定的块数，每块坯之间要有一定的夹角和缝隙。打好的坯以摞为单位，此处“摞”读二声，与

“箩”同音。摞分大摞和小摞，大摞五百二，小摞三百六。一摞坯就是两个人一天的工作量，故云：打坯不用催，一天五百坯；够不够，三百六。

春秋两季，在空旷的田野里，伫立着一摞一摞的土坯，为萧瑟的乡村增添了独特的风景，也演绎出了许多美丽的爱情和恐怖的传说。

三

一般的场院都在村外，我家的场院在村子西边。我们那个只有百十户人家的小村原本就十分偏僻闭塞，虽然场院距离村子只有几百米，却显得格外荒凉寂寥。

就是在这样一个令人感到恐惧的地方，我们家的新屋落成了。虽然房基地很大，房子却要因材施建。不管怎么说，这是我们家的第一所宅院，有必要将其规制样式记录下来。

砖坯结构，砖少坯多。确切地说，只有前面地上十三层是砖，都是拆旧房的碎砖，勉强算是十三层前脸儿吧。只是三间，没有柁，檩条儿是直接放在山墙和隔断上的。没有椽子，从外面看不到柁、檩、柱子、花架，典型的窝檐四不露；花架上铺的是秫秸薄，薄上抹泥，十足的土坯房。

有院子，但没有院墙。院子是篱笆夹的，夹篱笆用的是玉米秸。门是栅栏门，用树枝和木棒编织的。篱笆墙外，还有猪圈茅房。我说过，宅基地足够大。院子前面还开辟了一个菜园子，里面种满了黄瓜豆角等时令菜蔬。房子的后面和左侧，栽种了几十棵柳树。“大跃进”的时候，这些柳树已经长成檩条儿那么粗了。柳树被砍伐去“建设共产主义”了，后来整顿“一平二调”的时候，还赔偿了几块钱。

土坯房最怕的就是雨水的浸泡，那些年也怪了，老天爷故意跟穷人过不去，总是阴雨连绵。我们那个地方比村里的房基地低了许多，雨水迟迟排不出去。结果可想而知，今年后檐破了个洞，明年山墙又倒坍了半边，就这样修修补补，勉强凑合了十几年。看来土坯房是靠不住的，父母亲省吃俭用，发狠心要盖一所结实的房子。

盖砖瓦房是不可能的，全村只有吴财主家有一座扁砖到顶、满柁满架、前廊后厦、青瓦铺顶的四合院。那是人家几辈子的财富积累，后来改成小学校了。好在那时候人们已经从大饥馑中熬了过来，又开始萌发梦想的根芽儿了。盖房首先要准备的是砖和木料。那时候通州有个土桥砖瓦厂，是个规模很大的国营企业。我有个表舅在汽车运输十四场工作，记得是个工会干部。表舅与土桥砖瓦场的领导认识，买了几车平价砖，占了点儿小便宜。筹措建筑材料是十分漫长的，直到我参加了工作，木料还没有备齐。是因为钱，庄稼人的钱是一个钢镚儿一个钢镚儿积攒起来的。还不仅仅是因为钱，那时候供应十分紧张，买什么都需要指标需要票证。我托人找到供销社的木材站，买了一架硕大的柁，长一丈八尺，直径一尺有余，且光光滑滑、直直溜溜。父亲高兴坏了，全村任何一家都没有用过这么宏大的柁，包括吴财主家那座四合院。父亲犹豫了许久，嫌贵，差不多要三十元钱。父亲的虚荣心终于战胜了手头的拮据，咬着牙把那架柁买回了家。

柁的规格上去了，房子的规制就要重新考虑。原来是准备盖三间的，三间房就要把这么体面的柁压在屋顶和墙之间，肉埋在饭里了。何况这又不是一般的肉，是肥嘟嘟的五花三层后臀尖。于是父亲又开始狠心咬牙了，把三间改成四间，四间又扩成了“四破五”。堂屋居中，西边两小间分别开门。东边亦是两间，省去中间的隔断变为连间，中间的柁变为明柁。如此一来，那架柁便赤裸裸地炫耀当头了。客人进得屋来，首先见到的不是炕上的被褥和屋里的摆设，而是惊叹于悬在头顶上的宏大体面的明柁。

四

何为故乡，就是一个地方，一片住宅，一群与你共同生于斯、长于斯、苟活于斯的人；何为家，就是一个地方，一所房子，里面住着你的亲人。

每个人的故乡都在沦陷，终于轮到了我。我曾经对那个贫穷泥泞的小村庄是那么嫌弃，乃至于自幼就梦想着离开同样贫穷简陋的家。若干年之后，我的朋友们拉我一起去购买农家小院。我没有兴趣，如果我要是留恋农家小院，我还需要好好读书努力奋斗吗？我的一切拼搏，就是为了离开那个讨厌的农村。我早已忘本了，失去了贫下中农的本色。然而，真正听到我们那个小村要拆迁的消息，心里还是蒙蒙的。不是留恋，不是担忧，似乎是一种恐惧。恐惧什么呢?

我决定回去。我不能追溯这个小村诞生和发展的历史，我要去见证它在地球上消亡的过程。我承诺不参与任何拆迁补偿的纠纷，镇领导为我在物流园区安排了食宿，非常周到。拆迁我们村是为了扩建物流园区，我的住处离村边只有几百米。

我每天都到村子里，挨门挨户地探望采访，还有拍照。常常被拆迁工作人员盘问，我说是物流园区的，便没有人阻拦我。

拆迁当然包括我家的小院。

院外一片荒芜，院子里面也长满了野草。房子已经不是原来的老宅了。几年以前，父母搬到了城里，原来的房子便废弃了。无论城里还是乡村，房子最怕没有人住。房子没有了人气烟火，便如同人失去了生命的支撑，很快就会颓败下来。没过多久，院门屋门便被淘气的孩子砸破了。屋子里的箱柜和里面存放的东西，都被洗劫一空。熊孩子还不过瘾，有门不走，却偏偏在房后面掏了个洞。后墙本来就是土坯垒起来的，有了洞就如同防洪堤一样溃塌了。眼看着房子就要变成一片废墟。弟弟回去了，索性将房子推倒，重新建了起来。

相比之下，现在建房太简单了。图样设计好之后，弟弟把钱交给村委会主任，请他帮助找一个建筑队，包工包料，省心省力。几个月以后，新房子盖好了。五间正房，纯砖无坯，红瓦铺顶。前面是宽敞的玻璃窗，院子里是水泥地面。还有两间东厢房，一间卫生间。墙也是砖砌的，小门楼，红铁门。如此奢华的房子，当初我们做梦都不敢想。然而与没有离开村的乡亲比，这房子却简之又简陋之又陋了。这些年农民手里有了点儿钱，就比着盖房。扁砖到顶、磨砖对缝、前廊后厦、高门楼蹲门狮，三合院四合院还有小洋楼。父母亲当然觉得房子好，那也不愿意回来住。弟弟说他退休之后回来住，看来他比我对农村有感情。

房子刚盖好没几年，就赶上拆迁了。

房子周围的柳树又长了起来，几十棵，直径都有一尺多粗，两丈多高。这些柳树，有的是父亲种的，有的是我种的。院子里还有几棵香椿树，树苗儿是我从河东移栽过来的，已经长得高过了屋顶，后来被雨水淹死了。这些成材的大树不在拆迁补偿之内，没有人要。想想当初盖房时连檩条儿花架都买不到买不起，这些大树都能当房柁用。比老屋那架让父亲炫耀了几十年的红木明柁，一点儿也不逊色。想想哪怕是在“大跃进”时砍伐的那些树木，“一平二调”时都给了补偿。眼下这些宏大健硕的大柳树，居然都成了令人不屑一顾的废物，实乃暴殄天物，罪过啊！

别了，弟弟辛辛苦苦盖起的小院；别了，凝聚着日月精灵的大柳树；别了，我再也无法回去的故乡。

2020 年初于武夷花园

柴禾灶

前不久刘绍棠的夫人曾彩美老师打电话给我，她正在整理丈夫的遗作，篇中有个词叫作“柴禾灶”，责编建议改为“柴火灶”。我觉得这两个字都没有错，且大多数人都写成“柴火灶”。但是作为京门脸儿大运河畔，绍棠先生及后来的我们，写成“柴禾灶”是有一定的道理的。原因很简单，放在灶膛里点火燃烧的东西基本分为两大类：一是来自木本，如树枝、树叶、树根、劈柴之类；二是来自草本，如秸秆、茬头儿、高粱篾儿、棒子骨头之类。靠山吃山，山里人烧的大多是山上砍来的树木枝条儿；我们大运河畔是一马平川的大平原，靠水吃水，水里无柴，烧的都是农作物的秸秆。农作物统称为禾，何况，无论木本草本的可烧之物，都写作“柴禾”。

有学者说，人类自古以来，都是处在饥饿和半饥饿的时代，很少有丰衣足食的时候。要我说，应该是饥寒和半饥寒时代。幸运的是，我的青少年时期，非常深刻地体验了这个时代，经年累月地处在饥寒和半饥寒状态，少有温饱的体验。我之所以不放过这个“寒”字，自然是跟灶有关的。无论是饥与寒，解决的唯一途径只能是灶。灶上有锅，锅里的食物可以充饥；而要把锅里的食物变熟，则需要灶里的柴。那时候的人表示愁苦，应该是这样的口气：唉，锅里没有，锅下也没有。

灶是赖以生存的地方，是一日都不可或缺的地方，它是神圣的。在家家户户的灶台上面，都供着灶神，也叫作灶王爷。无论是饥肠辘辘的成年人还是嗷嗷待哺的孩子，眼睛都是盯着灶台的。灶神的眼睛也盯着灶台。人盯着灶台渴求的是锅里的食物，灶神盯着灶台是监督索取食物的人。许多家庭的战争都是在灶台上引起的，孩子争抢美味，婆婆说儿媳妇偷吃，男人嫌女人做饭难吃。或鸡吵鹅斗，或拳脚相加，或由此引申出来的恩恩怨怨，以及每个人所表现出来的善恶智愚。灶神都看在眼里，记在心里。每到岁末的腊月廿三，灶神都要向天神汇报。这时候，似乎只有到了这个时候，家里的主要负责人才想起来需要对发生在家里的所有事情负责任。于是便恭恭敬敬地给灶神上供烧香，送灶神上天。在灶神的牌位上贴上对联：上天言好事，回宫降吉祥。横批上则更是将灶神奉为“一家之主”，自己卑微地降为被领导地位。一年到头，围着锅台转的是女人，可是祭灶这种神圣的仪式，却是由男人主持的。可见，处于饥寒和半饥寒状态的人们，还是有敬畏之心的，吃饱了之后便无所畏惧了。

柴禾灶有多种，除了堂屋里的主灶，一些人家的屋里还有炕灶。炕灶在炕沿下面，低于地面，下面是灶坑，上面是灶门儿，因之也叫地灶。炕灶有的有锅台，有的没有锅台。有锅台的可以照样烧水做饭，没有锅台的只是为了补充采暖之不足。有的人家院子里还有灶，大多在一个角落里。小灶，烟囱直接贴着墙，为的是做点儿小菜或煎汤熬药之类的。更有一些临时小灶，三块砖头支，急用，用完就拆掉。临时灶也有大的，很大。家里有红白喜事，请来“跑大棚”的做饭，就要在院子里盘一铺有模有样的大灶。砖垒的，三尺多高，上面的灶眼儿有大有小，总有三五个。

说完了灶，该说柴了。前面说过，大运河畔的农家主要烧的是农作物秸秆，以玉米秸秆为最，我们叫作棒子秸。当年玉米是农民最主要的粮食，种植的面积很大。玉米虽然是中国人的主食，“五谷”中却不包括玉米。原因是它是明朝末年才传入中国的。有学者说，清朝的人口爆发式地增长，顺治到道光一百年间，从七千万猛增到四亿，与引进玉米、甘薯、土豆等高产高营养的作物有直接的关系。民以食为天，食以粮为先。玉米不仅是庄稼人的主食，还是灶里的主要柴禾。玉米秸较硬，经烧，特别是玉米秸下半部分，连秆带根连在一起，更是柴禾中的精品。相反的，作为精细粮食的小麦和水稻，其秸秆基本上是不能当作柴禾的。玉米的浑身都是宝，除了秸秆，连棒子皮儿棒子骨都是上好的柴禾。有些饭食，譬如摊蛋饼摊饹吱，需要微火快煎，非烧棒子皮儿不可。棒子骨更是了得，数九隆冬，在灶里塞满棒子骨，能慢火燃烧一整夜。

庄稼人的孩子吃不了三年闲饭，会走路就会干活儿，孩童时期的主要活儿就是打猪草拾柴禾。拾什么柴禾，刨茬头儿、搂树叶、打青柴、捡树枝，只要是能烧的，有什么搂什么。近年来无论在城市还是农村，常常见到大片大片的荒草没有人割，满地的落叶没有人动，还有碗口粗的树木枝干随便丢弃，往往非常心疼。这可是最好的柴禾呀！特别是从树上砍下来的枝干，是庄稼人非常稀罕的劈柴。庄稼人对待劈柴就像对待宝贝一样，劈好了摞起来舍不得烧。我记得父母从农村搬到城里时，院子里还存放着一大垛劈柴。父亲啧啧叹息，心疼这些白扔了的大笔财富。

挽不住的乡愁，每个人的故乡都在沦陷，柴禾灶离我远去了。不知道有多少人怀念柴禾灶，商家抓住了人们怀旧的心理，推出了所谓的柴锅炖鸡炖肉炖大鹅，柴锅贴饼子炖小鱼，柴锅米饭熬粥打糊饼。我和朋友们往往去追寻品尝，十次有九次半要失望的。我终于明白了，我们失去的不仅仅是炊烟土炕柴禾灶，而是给予我们生命最初滋养的故乡滋味。

庚子年初于自囚室

煤 火 炉

20世纪50年代初，煤火炉开始从城里传到农村。很不普遍，使用者寥寥。原因是买煤需要钱，农民手里没钱。农耕时代是自给自足的自然经济，除了油盐针线等生活必需品，农民很少花钱买什么。自给不能自足，便穷忍，饿挨着，睡不着眯着。

即便有的殷实之家使用煤火炉，也是因陋就简最低限度。庄稼人将一大半的聪明才智都放在自己动手勤俭持家上面了。

首先炉子是自己做的，花盆里面搪上一圈儿黄泥，下面固定住几根铁条儿，便成了一个简陋的煤火炉。讲究一点儿的用小铁桶，下面固定的不是铁条儿，而是生铁铸的炉箅子。炉箅子下面还留有装炉灰的小炉膛，炉膛外面装一个铁皮做的小门儿。这已经是个像模像样的煤火炉了。再后来才有了批量生产的洋铁炉，上面有炉盘，下面有炉脚，体面得很。洋铁炉的历史不长，很快就被生铁铸的炉子替代了。生铁炉的最大好处是有一个出烟口，出烟口连着铁皮烟囱直接通向窗外，避免了煤气中毒。

刚刚开始使用煤火炉的时候，烧的是煤球儿。所以煤火炉又叫作煤球儿炉。大多数人家的煤球儿都是从煤铺买来的，煤铺里有半机械化的煤球生产线。需求量比较大的机关单位或学校，为了节约开支，直接买来煤末自己加工。如此，便为心灵手巧又有些力气的庄稼人提供了一种副业：摇煤球儿。

摇煤球儿和摇元宵差不多，先要把煤末子堆成金字塔形，在塔尖儿上留个凹槽儿，倒上水浸泡。煤末子泡好之后和成煤泥，摊在地上，用宽幅大铁铲切成小方块儿。待到小方块儿的煤晾到半湿不干的时候，铲进大铁筛子里。大铁筛子下面支着一个花盆，一个年轻的壮汉光着膀子，有节奏地摇晃着大铁筛子，大铁筛子里的小方块儿均匀地转动着，转着转着便成了圆形的煤球儿。煤球儿摇好后，铺晾在空场上。

这种人工摇出来的煤球儿和煤铺里卖的煤球儿都是圆的，滚圆滚圆的。后来煤铺里引进了全自动生产线，制作出来的煤球儿却是半圆的，杏核儿形的。

把煤球儿在煤火炉里点燃叫作生炉子。生炉子是个技术活儿，需要先点燃媒质。一般的情况下，媒质是劈柴或棒子骨头。把劈柴或棒子骨头蓬松地支放在炉膛的底层，上面再放好煤球儿。点燃一张报纸或棒子皮儿，从炉箅子下面把劈柴或棒子骨头点燃。小心一点儿，随时观察着火苗儿的燃烧状态，细心加以调整，当劈柴或棒子骨头充分燃烧之后，煤球儿便被点燃了。这事说起来简单，实际操作起来还是有一定困难的。不过北方的孩子从小就会生炉子，他们在上小学的时候便有在学校值日的经验。

冬天的时候，值日的主要内容就是生炉子。南方人则有点儿惨，我常常见到一些初到农村的南方人为生炉子搞得灰头土脸急得跳脚。我有一个朋友，是春节后到北京来的，我帮助他安排一个住处，他觉得生炉子太难了，不想学，便受尽了春寒之苦。

煤火炉里的煤球儿，烧得差不多了就要添煤球儿，添一次煤球儿可烧四五个小时。到了晚上睡觉的时候，要封火。封火是将炉子里的煤球儿嗽下去，把炉膛添满了煤球儿，再盖好炉子盖儿，这样可以烧一夜。盖炉子盖儿也需要技巧，留的缝隙不能太大，也不能盖得太严。缝隙太大煤球儿烧不到天亮，盖得太严容易把炉火憋灭。全凭的是经验。

一般的情况下，煤球儿是烧不透的。第二天早上整理炉子的时候，燃烧过的煤球呈灰白色。灰白色只是表层，敲掉表层，里面还残留着黑色的煤核儿。煤核儿是可以继续燃烧的，农户人家都要把煤核儿仔细挑出来。而机关单位或学校工厂什么的，则没有人也没有工夫挑煤核儿。这样，孩子们又增添了一项活茬儿：拣煤核儿。挎个篮子，拎着通条，聚集在某单位大门口，等里面倒煤灰垃圾的人出来，便蜂拥而上。敲敲打打，把煤核儿挑出来，满载而归或半载而归。

烧煤火炉需要三件辅助的工具：煤铲、火筷子、铁通条。煤铲是用来铲煤灰的，火筷子是用来夹煤球的，铁通条是用来捅炉子和拣煤核儿的。特别是烧蜂窝煤的时候，火筷子和铁通条的用处则更为重要。

蜂窝煤是20世纪70年代盛行起来的，也算是家庭用火的一次革命。烧蜂窝煤的炉子跟烧煤球儿的炉子差不多，只是炉膛小了一点儿，比蜂窝煤的直径略大即可。与煤球儿比起来，蜂窝煤显然有诸多好处：干净卫生、充分燃烧、好存放。不过，蜂窝煤自己是制作不出来的，煤铺里有自动化的机器。烧蜂窝煤的时候，我已经搬到城里来住了。每到冬天，平房的屋门口，楼房的楼道里，家家户户都堆满了两样东西：一是冬储大白菜，二是蜂窝煤。

用蜂窝煤生炉子，要比煤球儿简单多了。煤铺里卖一种引火煤，跟蜂窝煤一模一样的，但它是炭做的，一张报纸就可以点燃。引火煤点燃了，放在上面的蜂窝煤自然就燃烧起来。有的人家炉子灭了，根本不用重新点燃，拿一块生蜂窝煤，换一块邻居家炉子里正在燃烧的蜂窝煤就是了。瞧瞧，蜂窝煤的好处有多大。

煤火炉的最大隐患就是容易引起煤气中毒，我顺手问了一下“度娘”，即便在煤火炉逐渐淘汰的近几年，全国每年因煤气中毒死亡的人数也在一千五百人左右。每到冬季，预防煤气中毒都会成为卫生宣传的重要内容。我们刚刚入学，手工作业的第一课就是糊风斗。风斗是用秫秸秆和纸糊成的，三角形，里面和上面敞开，外面和左右用纸糊好。回家之后，撕开窗户最上面的一个窗棱上的纸，将糊好的风斗固定在外面。这样，屋里有了煤气，就会顺着风斗飘散到外面。

在千百年形成的传统习惯中，哪怕是稍稍改变一点点儿，也会遇到匪夷所思的反对。风斗是用来散发煤气的，可是那些自以为聪明的长辈们，却认为风斗把宝贵的暖气放跑了。不就是煤气熏一下吗？脑袋有点儿晕，喝点儿醋就好了。真的等到他们不能喝醋的时候，才会哭得昏天黑地要死要活。即使是懂得科学道理的人，平时亦小心翼翼，都难免有中招的时候。20 世纪 60 年代中期，我已经在公社机关工作了，独自住在一个小跨院的小耳房里。忽一夜有人砰砰敲门，伴随着大声喊叫。我听到了，却怎么也睁不开眼。过了一会儿，门被撞开了，我被人抬了出去。好半天我才醒来，幸亏是遇上了一些对煤气中毒警惕性比较高的人。原来那天造反派夺权了，让所有机关干部表态拥护。同事们见我呼叫不醒，便破门而入。后来才发现，我临睡觉的时候，炉子上坐了一壶水，忘了盖上炉盖儿了。

类似的故事很多很多，说不完。不是有一个段子嘛，说三个同宿舍的同学煤气中毒死了，被拉到火葬场。火葬场烧人的时候需要排队，一个同学的父亲是个当官的，给火葬场打了个电话，自己的儿子便不用排队，直接进了焚尸炉。好不容易那两个没有后门的同学排到炉门口了，焚尸工却发现他们又活过来了。

说个笑话，扯远了，打住。

庚子春日于自囚室

北方的大土炕

一

北方的大土炕，不同于南方的床，很大，差不多占据了半间屋。以屋门为界，前半边是炕，后半边为地下。炕包括炕面、炕沿儿和炕围子。炕面由土坯搭成，炕沿儿有泥的、砖的，有木头的。炕围子是由砖砌起来的，也有是土坯的。讲究一点儿的人家，炕围子四周砌砖，中间抹上白灰，白灰上作画，很雅致。

一般人家东屋都是两间连在一起的，很豁亮。进得屋来，首先映入眼帘的是卧在炕脚的炕箱、躺柜和叠放其上的花红柳绿的被褥。炕上铺着炕席，芦苇编织的。有的人家还铺着毯子，毯子上摆着炕桌，桌上放着茶壶茶杯，桌下放着针线笸箩。随后目光转移到地下，山墙下摆着条案或供桌，后墙下放着墙柜。条案和墙柜上，陈设着掸瓶、帽镜、座钟等体面的摆设。

北方的大土炕是睡觉的卧房，也是餐厅。饭桌的规制基本上与八仙桌相同，只是腿儿要短得多，放在炕上嘛。它与炕桌也不同，炕桌要小得多，且多是长方形的，是常年摆在炕上的。饭桌是吃饭的时候摆上，吃完饭要撤下去的。饭桌也是讲究位次的。里为上，打横的；右次之，左再次；末位是桌边跨在炕沿儿上的。新女婿上门，是最尊贵的客人，要坐在里边打横，也叫“小辫儿冲窗户”。跨在桌边炕沿儿上的，多是儿媳妇，她还要兼任着服务员的工作，一边端菜布菜，一边要随时为所有的人添饭加汤。

北方的大土炕还是客厅。逢年过节红白喜事，女宾进门就要脱鞋上炕。在炕上围坐成一圈，天冷的时候还要抻条被子盖上脚，然后便嘻嘻哈哈叽叽呱呱地亲热起来。男人则坐在地下的春凳上，或喝茶或抽烟或聊天。孩子们则炕上地下屋里屋外地疯跑疯闹起来。

北方的大土炕又是聚会的场所。二三十人的小型会议，地下坐满了，便都挤在炕上。会议无论长短，都会叽叽嘎嘎地吵破屋顶。主持人没有权威，发言没个次序，吵吵来吵吵去半天得不到要领，就图个热闹，图个开心，图个工分，开会算出勤，也要计分的。也有例外，遇上难开的会议，没有人带头发言，没有人主动报名，于是便“熬鹰”。把大土炕烧得贼热，烫屁股，谁要是坐不住了，挪了一下身子，主持人便说他要发言，让大家拍着巴掌欢迎。没熬住的人真是有苦难言。

更为奇绝的是，北方的大土炕还是剧场。漫长的冬天漫长的夜晚，农民闲得浑身刺痒，说书的唱大鼓的便来了。谁家的土炕大，谁家的主人热心肠，便把艺人请到自己的家里。差不多全村的男男女女都闻风而来，炕上地下乃至外屋都挤满了人。艺人们一连演唱几天，要住下来的。这几天，村子里像过年一样。热情的主人有时候还准备了花生瓜子叶子烟，亲热得如同一家人。艺人们也很卖力气，特别是东北二人转的班子，有时候能演到天亮。前半夜演唱逗笑的，后半夜演唱少儿不宜的。

二

北方人是土命，南方人是木命。北方人是泥人土性，南方人是水木情缘。北方的房屋多是土坯房泥土屋，南方的房屋则是木屋竹楼。无疑，北方的大土炕，也是用坯搭造的。

搭造土炕的坯是水坯，水坯的制作与土坯完全不同。

搭造土炕的水坯分为方坯和条坯。顾名思义，方坯是正方形的，条坯是长方形的。

脱坯之前，先要把土和成泥。和泥是一道精细的程序，需要提前几天甚至十几天就着手准备。在和泥用的土中，有一部分就是拆下来的炕坯。炕坯经过长时间的烟熏火燎，坚硬而有光泽，包裹着一层胶状物。把这样的坯砸碎，堆积起来，用水浸泡，和出的泥来，黏性好，凝固性强，很结实。这也是抹房的好材料，可以与石灰相媲美。

浸泡炕坯一定要掺上土，等土和炕坯都浸泡透了，便可以和泥了。

脱土坯和的是花秸泥。所谓花秸，就是麦莛，连接麦穗和麦秸那一段一尺多长的空心管儿。这段空心管儿可以当吸管儿用，可以编草帽草篓。我们所说的花秸，是在小麦脱粒的时候被碌碡轧碎的麦莛。脱坯用的花秸是去年麦收的时候就准备下的，如果你冬春之际到农村去，会发现许多人家的场院里都堆放着小山般的花秸垛，上面盖着厚厚的泥顶，防止风吹雨淋。现在需要了，拆掉花秸垛，取出花秸，掺在泥里。

要让花秸与泥融为一体也不容易，需要脱掉鞋光着脚反复踩踏。暖洋洋的阳光下，几个男人甚或还夹杂着女人，在泥堆上踩踏着，一边踩踏一边晃动着身子，唱着劳动号子，农家小院里充满了劳动的欢愉。引逗得孩子们也脱掉鞋袜，挽起裤腿加入进来，乱蹦乱跳，弄得浑身上下泥水淋淋。

脱坯需要一片平平整整的场地，也需要有坯模子。同样也是两个人的密切配合。一个人掌模，一个人供泥。掌模的蹲在地上，先用清水把模子的边框洗净，端端正正地摆放在地上。供泥的人用四齿叉把花秸泥放在模子里。掌模的双手把泥摊平，边边角角都要摁得实实在在。然后，再把模子里的泥胡噜平整，多余的泥捧出来放在一边备用。最后用水把表面抹平抹光，提起坯模子，蹲着往后移步，开始脱另一块坯。

需要说明的是，花秸泥一定要和得恰到好处。稠了，泥摊不开；稀了，坯变了形。凭的是技术，凭的也是经验。

我最佩服的是掌模人的蹲功。中国人下蹲的功夫令世人惊异，许多到中国来旅游的外国人，见到中国人仨一群俩一伙地悠闲自然地蹲在地上，纷纷效仿。结果分分秒秒便受不了了，不是放弃就是摔倒，还有的人根本蹲不下去。我想，这种差异是与国人的生产方式和生活习惯有关的。庄稼人的孩子会走路就学习农活，许多农活都是需要蹲着干的，譬如间苗、薅草、整枝、理蔓儿。西北人更是如此，吃饭都不是围坐在家里，而是端着饭碗蹲在门口，边吃边与邻居聊天。我小时候看见过，有些到我家来串门的乡亲，有板凳不坐，而是蹲在板凳上抽烟喝茶聊天。

尽管我小时候受过如此训练，蹲的时间长了还是腿麻头晕的。而脱坯掌模的人是不能变换姿势的，连挪动坯模都是蹲着往后退的。

三

脱坯是个累活儿，属于农村的“四大累”之一。而搭炕则是个技术活儿。上了中学后我才知道，这里不但有物理上的设计，还要有几何上的算计。炕的功能不仅仅是睡觉，更重要的是烧火做饭。里间的炕是连着堂屋或外面的灶台的，炕搭得好不好，主要是看灶台的烟道是否通畅。烟道如果不通畅，受罪的是女人。常常见到一些人家的灶台不好用，一是火不旺，费柴；更要命的是倒烟，烟不是顺着炕道走，而是从灶口冒出来。呛得女人咳嗽流泪踢柴火骂娘。

保障烟道通畅关键是炕坯的码放。搭炕用的坯分方坯和条坯，方坯是用来铺炕面的，条坯是用来支撑方坯的。

条坯在炕腔里码放，首先要计算是否能恰好搭上方坯的四角儿。而且中间的土坯要均匀地搭上四块方坯，靠墙和炕沿的条坯要搭上两块方坯。这个算计好了之后，就该考虑如何把烟从灶膛里引出来，再通过炕腔引向烟囱。这还不够，还要保证烟进入炕腔之后，不是直接奔向烟囱，而是先要在炕腔里循环，每一个地方都要有烟经过，不留死角。这是因为，炕不仅仅是睡觉，还要连接灶台；灶台不仅仅是烧火做饭，还要为土炕供暖。有点儿像城里的暖气，炕就是暖气片。城里的暖气靠水供暖，农村的土炕靠烟供暖。灶膛里出来的烟带有大量的热，烟在炕腔里循环，通过炕坯把热散布到房间里。

如此说来，搭炕应该是一个比较复杂的工程，掌握这门技术的人是极受尊敬的。每到春天搭炕的时候，搭炕的把式就早早地被人请去，好吃好喝好待承，列为上宾。没有请到搭炕把式的人家，等不及了自己好歹搭上。瞧着吧，不是灶不好烧就是炕不热，往往需要拆了重搭。

我凭着一点儿小聪明，看了几回把式搭炕，发现了其中的奥秘。但是我很快离开农村了，身怀绝技却无用武之地。我当时在公社机关工作，有一个同事家在农村，抱怨灶不好用，媳妇整天活受罪。我告诉他，不是灶不好用，是炕没搭好，并自告奋勇地要帮助他扶危济困。

来年春天，他早早地便约下了我。我牛气起来，也早早地约了同事，到时候一起去喝酒。非常争气的是，我把他家的炕搭得非常漂亮，灶台火旺烟畅，炕面受热匀称。初战大捷，赢得了搭炕把式的美名。只可惜，别的同事家里都睡床，没有人需要我去搭炕。我依然孤独求败，惆怅了很长时间。

四

现在该说说大土炕的卧房功能了。

许多南方人质疑，真的是一家几代人都睡在一铺大土炕上吗？确实如此。

随着现在住房条件越来越好，人们也越来越需要有一个独立私密的空间。几代人不但不愿意住在同一个房间，甚至不愿意住在同一个居所。几岁的孩子就要求有自己的房间，乃至夫妻之间，也都有自己的房间。不是有那么一个说法吗？一等人分房睡，二等人分床睡，三等人同床睡。

北方的大土炕却是个大通铺，全家所有的人都睡在一起。不仅仅全家，来了亲戚朋友，也和家人一样挤在大土炕上。20 世纪 70 年代末，我到密云深山里采访，就是被村支书安排与他的岳父家睡在一铺土炕上的。先不说有多么别扭，那被子黑黑的，沾满了厚厚的油泥，全家人又一冬天都没有洗澡，那熏人的味道就可想而知了。

这一点儿也不奇怪，城里人不习惯，受不了。我在长篇小说《梨花渡》中写过一个真实的故事，一个嫁到农村的城里姑娘，发誓要“移风易俗”，拆了土炕换成了双人床。冬天来了，冰天雪地滴水成冰。那时候农村还没有使用煤火炉取暖，小两口冻得受不了了，只好卷着被子挤到大土炕上。大土炕上睡公公婆婆、小叔子小姑子，还有大伯子夫妇和侄子侄女。大土炕上是别扭，臭烘烘的，熏得人喘不上气来。可是暖和，要是赖在自己那冰窖一样的小屋里，非冻死不可。

除了别扭和臭味，还有两样难以忍受。一个是炕沿下面有一个尿盆，全家人共用。漫漫长夜，不断有人下炕撒尿。睡在大土炕上的人无论男女，一律是一丝不挂的“甲级睡眠”，下炕撒尿的时候连件外衣都不披，反正黑灯瞎火的谁也看不见谁。还有一样，大土炕是北方人的温床，也是虱子跳蚤臭虫的温床。那些小动物得天独厚，丰衣足食，疯了一样成长繁殖。我小的时候，被臭虫咬得实在受不了了，母亲将木炕沿掀起来，下面爬满了密密麻麻的臭虫。那时候也没有杀虫药，母亲用火攻。火苗儿下面，那些臭虫噼噼啪啪地爆裂着，煞是痛快解恨。直到我上小学的时候，有一次住在爷爷家里，疯狂的跳蚤竟然钻到我的耳朵眼里。用尽了办法也弄不出来，最后只好去卫生院让护士用酒精棉球儿沾出来。

在我的家乡，大土炕几乎绝迹了。有时候我还怀念大土炕，说不清为什么，也说不清怀念它什么。据说东北农村还有这种大土炕，我还常常想再去体验一下。人就是贱。

庚子年初于自囚室

脚 与 鞋

一

人类原来是有四只脚的，直立行走之后，前两只脚便进化成了手。如果问，人类直立行走有什么好处，有人会说，做足疗的时候可以节省一半的钱。假如同样的问题问童年的我，我会回答，可以省一双鞋。我童年的时候没有足疗这个服务项目，连这个词都没有。

我只知道鞋的重要。

我不记得我几岁开始穿鞋的，我说过，农村的孩子吃不了三年闲饭，会走路就会干活儿，会干活儿就应该有鞋穿。因为每天脚下踩的，不是或坑洼或泥泞的土路，就是荆棘载途的庄稼地，鞋是保护脚的。

高粱、玉米、谷子收割之后，留下一小截茬儿，被镰刀削得尖尖的，很锋利，不小心踩上去，脚心上被扎一个洞，立即皮穿血流。还有一些野草的种子，上面长满了尖刺儿，扎在脚下也很疼。我有个同学外号叫蒺藜狗子，蒺藜狗子是蒺藜的种子，一种药材，大小如花生米，上面的刺儿又尖又硬，自行车的轮胎都能扎破。有一次我们到河边割草，蒺藜狗子不小心闯入了蒺藜丛中，脚下扎满了蒺藜狗子，疼得他立即跳着骂起来：去他个蒺藜狗子的妈。

他忘了，他自己就叫蒺藜狗子。这个段子让我们想起来就笑。

也有人不怕扎，铁脚板。铁脚板不是天生的，是练出来的。有一个孤儿，连衣服都穿不上，更不用说穿鞋了。他长年累月地光着脚，脚下的茧又厚又硬，能在芝麻茬儿的地里走。须知芝麻茬儿是最尖利的，刀子一般。

后来我才知道，南方农村许多地方的农民是不穿鞋的。最早是红卫兵大串联的时候，从湖南走来一队学生，男男女女都光着脚。时令已经进入深秋了，那些学生娃的脚冻成了胡萝卜，让许多人看着心疼。

南方人不穿鞋后来又被一个写进了“最高指示”的新生事物证实了：赤脚医生。

连农村医生都不穿鞋，更不用说普通草民了。当然，我说的是20世纪的六七十年代，现在到南方农村看到的农民，也是干鞋净袜，赤脚的很少见了。

二

母亲总是埋怨我们穿鞋太费：狗啃的一样。新鞋上脚没几天，首先是前面的脚指头露出来了，大拇哥二拇弟三姐四妹，小蘑菇似的往外拱。紧接着脚后跟也露出来，前后两空。用不了几天，鞋底跟着磨破踩断，一双鞋就算毁了。鞋破了是没有新鞋换的，农村的孩子没有不穿破鞋的。破得少了勉强穿着，破得多了就在脚下趿拉着。无论男孩儿还是女孩儿，都是鞋儿破帽儿破的小济公。

为了让鞋结实一点儿，女人们想了各种办法。前面不是容易被脚指头拱破吗？用块皮子打个包头。后面不是容易露脚后跟吗？也用皮子打个后跟。鞋底儿不是常常被磨烂吗？钉个掌儿，像骡马一样用铁掌。铁掌太贵了，需要皮匠才能钉，要花钱，于是便钉个轮胎掌，自行车外胎裁下来的。

除了母亲，孩子们也常常自己想办法。将槐树豆捣烂，抹在鞋的前掌和后跟，在太阳底下暴晒，就形成了一层硬硬的保护层，很结实的。鞋子破了不跟脚了，便用草绳绑起来，相当于后来的鞋带。再有就是省着穿了，省无他法，能不穿就不穿。背着筐去割草砍柴，路上平坦，就把鞋脱下来放在筐里。到了河边地头，没有扎脚的荆棘茬头儿，也可以不穿鞋。那时候常常出现丢鞋的情况，就是因为鞋经常脱离脚的缘故。

都说，鞋子合适不合适，只有脚知道。孩子的鞋很少有合脚的，母亲为了让一双鞋的寿命长一些，总是把鞋做大，孩子的脚每天都在长。鞋大了怎么办？往里面塞一些棉花破布照穿不误。上体育课的时候，跑在操场上的孩子脚下都是趿里趿拉的，把鞋跑掉是常态。歌云：一只鞋跑掉了，光脚丫儿多难瞧。

三

鞋很珍贵，至少对于我们孩子是这样的。难得穿上一双新鞋，即使母亲把鞋做好了，也舍不得立刻给孩子穿上，一定要选一个隆重的场合或重要的节日。

新鞋并不舒服，前包头后包跟底下还有铁掌，像戴着脚镣。走起路来很别扭，更要命的是，鞋底总是蹭在另一只脚的脚踝上，蹭得出血。父亲嘲讽说，是牲口都不值钱，扫拐。有一些骡马或驴，走起路来会两只脚绊蒜似的，称之为“扫拐”。

鞋子如此珍贵，却是由破布头制成的。庄稼人没有半点儿浪费，物尽其用。干粮剩下馊了，不能扔，积攒起来做酱用。衣服更是这样，新的破了打补丁，新三年旧三年，缝缝补补又三年。实在无法对付了，大的改小，长的改短，长短都不能改的当补丁。连补丁都不能用了，应该是废物了吧？也不能扔，留着打袼褙用。打袼褙用的布称为“噗哧”，很挼（ruá）了，一撕就裂，一捅就破，巴掌大就算完整了。谚云：人怕熬爷，布怕熬鞋。人熬到当爷爷了，便老了；布熬到做鞋了，便无他用了。

从开春到入夏，庄稼人忙了地里忙家里，一时一刻的闲暇都没有。光说家里，男人是脱坯搭炕抹房，这些活儿把男人累得贼死。女人呢，先是倒缸腌菜，再是做酱，然后便开始打袼褙了。

打袼褙并不复杂，熬一大锅糨糊，稀稀的。然后把饭桌案板墙柜盖等都搬到院子里。以饭桌为例，先将桌面洗干净，再抹上一层水，把第一层“噗哧”铺在桌面上，稍干一些，在铺好的“噗哧”上抹糨糊，贴第二层。第二层上再抹糨糊，贴第三层。总要贴五六层七八层吧，视“噗哧”的薄厚而定。春季干燥，阳光又好，用一天或大半天的时间，袼褙便形成了，从桌面上揭下来，一张一张地摞在一起，像是春节前炸好的大煎饼，心里美美的，有一种收获感、成就感。

四

鞋是由鞋底儿和鞋帮儿组成，无论鞋底儿还是鞋帮儿，原材料都是袼褙。

做鞋是需要有鞋样儿的。每一个姑娘和媳妇，都珍藏着许多鞋样儿。鞋样儿是纸剪的，夹在一本杂志里或藏在一个纸袋里。这是女人的秘密，每一个鞋样儿都有一个故事，许多故事都是浪漫的隐私。小时候的我，常常看到邻家的少妇一边翻看着鞋样儿，一边暗自垂泪，也常常看到母亲、姑姑或闺密，躲在屋子里对着众多的鞋样儿或嘀嘀咕咕，或推搡嬉笑。有时候，新进门的媳妇看到谁家的男人穿的鞋很漂亮，便会找上门来讨鞋样儿，叫作“替鞋样儿”。用一张纸铺在原来的鞋样儿上，照着剪下来，于是她也有了一张一模一样的鞋样儿。

女人珍藏的鞋样儿，有的是从别人那里“替”下来的，有的则是自己设计的。媳妇可以直截了当地用尺子量男人的脚，量孩子的脚，根据真实的尺寸设计鞋样儿。姑娘则不然了，她们或者偷偷地量男人留在地上的脚印，或者全凭一双慧眼估量。而鞋样儿的样式则全靠天分和灵感了。女人的鞋样儿越多，越说明她心灵手巧，还说明一些别的什么。谁都不说透，心里暗暗地琢磨，常常自己对自己笑出声来。

有了鞋样儿便可以做鞋了。

先说鞋底儿。把打好的袼褙铺在炕上，照着鞋样儿一片一片地剪好，用白布条儿将周围的边包好，都是用糨糊粘连的。然后，把白边的底片儿摞在一起，四周用麻线缝纳起来，就形成了一双漂亮的鞋底儿。

鞋帮儿也是如此，鞋帮儿的样儿和鞋底儿的样儿是配对的，万万不可搞错。鞋帮只有两只，剪好之后就粘贴鞋面儿了。鞋面儿很讲究，一般用的是呢布或条绒。鞋帮儿做好后，加工更是精细。有的蒙帮，有的纳帮，还有的要在上面绣花。

鞋底儿鞋帮儿连接在一起，叫作绱鞋。绱鞋尤其需要技术，弄不好，鞋绱出来不正，前后不齐，左右不对称，那鞋不能穿，穿出去会让人笑话的。有些女人做不了这技术活儿，便要请人帮忙，甚至会直接花钱请鞋匠。

五

“三从四德”的“德”，指的是德、言、容、工。“工”的主要内容是女红，女红中最累的活儿恐怕就是做鞋了，而做鞋中最累的工序则是纳鞋底儿。纳鞋底儿不但是女人的家务，更是创收的副业。

现在城里的年轻人根本想象不到农村有多么穷，一根针半分钱，一盒火柴二分钱，一斤盐一毛钱，许多人家连这些都买不起。农民没有挣钱的门路，在生产队拼死拼活地干一年，家家超支。什么叫超支？就是最后算总账，你不但分不到钱，还要欠生产队的钱，这是普遍现象。

农民也要过日子，要柴米油盐，也要穿衣穿鞋，这些都需要钱。钱从哪儿来？指望女人。

女人挣钱的路只有两条，一是养鸡卖蛋，称之为“鸡屁股银行”；二是纳鞋底儿。城里有制鞋厂，那时候没有机械化生产，鞋底儿要发放到民间加工的。

偏僻的小乡村很少有外来客，有一种人是经常光顾的：撒底子的。

撒底子的是骑着自行车来的，吆喝几声之后便来到了一个固定的地方，或生产队的队部，或村里的小卖部，或一个热心的人家。妇女们纷纷跑来领底子，底子是没有纳的鞋底儿。领底子的同时还要领一撮麻，麻是用来纳鞋底儿用的。

底子大小不一，又分成毛毛底和千层底，因此加工费也不尽相同，也就是差三五分钱。

底子领回去先要打麻绳，打麻绳用的是拨锤儿。一段硬木，长半尺，粗寸余，中间一个铁钩。把麻劈儿拴在铁钩上，一手提着麻劈儿，一手拧动着拨锤儿。拨锤儿旋转，麻劈儿拧成了绳，接着续麻劈儿，到了一定的长度，将纺好的麻绳绕在拨锤儿上。这活儿不难，没有多少技术含量，需要的只是熟练。所以，女人能做，男人也能做，心疼媳妇的男人常常会帮助女人打麻绳的。

纳鞋底儿还需要几样工具：夹板、锥子、顶针、拉棍儿。女人盘腿坐在炕上，鞋底儿夹在夹板上，用两条腿把夹板夹住。锥子在鞋底儿上扎眼儿，把拴着麻绳的大针穿过去，再扎一针，再把大针穿过来。大针带着麻绳穿来穿去，要用拉棍儿用力拉扯着麻绳，让麻绳紧绷在鞋底上。穿针的时候需要用顶针协助，锥子扎着鞋底儿，还要时不时地在脑袋上蹭一下。头发上有油，锥子沾了油好用。大针一穿一回算是一针，一针一针排列在一起叫作针脚。一只鞋底儿纳多少行，一行多少针脚，是有规定有要求的。有经验的女人凭着感觉就能纳出合格的鞋底儿，初学者需要随时测量。测量用的是火柴盒，横着测针脚数，竖着测行数，很准。

有趣的是，鞋底儿的大小型号是用蓝墨水标在鞋底儿背面的，用的是罗马字母。农村女人多不识字，认不得阿拉伯数字，却认识罗马字母。

纳一双鞋底儿加工费三毛到五毛不等，能干的妇女每天能纳一只，熬夜能纳两只，玩命的能纳三只，那是把睡觉的时间都搭上了。每天能纳多少只鞋底儿，考验着一个女人的能力与勤劳，也考核着配不配做一个合格的婆娘。

纳鞋底儿除了赚钱，还为了赚麻。撒底子的发的麻，应该是正好的，可是女人们总有办法省出一些，积少成缕，积攒到一定数量，就可以用来纳自己的鞋底儿了。

去年到湖北利川，看到街角上坐着十几位中老年女人，她们在现场纳鞋底儿做鞋帮儿，并且把做好的布鞋摆出来卖。很少有人买，仅仅是一个独特的景致。

这景致让我想起了家乡的姑嫂姐妹，想起了她们艰辛的做鞋生涯。

2016 年 8 月 4 日于大运河畔

我心目中的城里人

我们那个小乡村，虽说是地处天子脚下，但是离皇帝居住的金銮宝殿还有四十华里。这个距离在孩子们的眼睛里已经属于天边之外，北京城在我们心中依然是很神圣、很神秘的，这种感觉和天边外的孩子没有什么两样。只是每到“五一”“十一”的时候，天安门广场上放焰火，礼花映红了北京城上空。我们便在父母的帮助下，爬上自家的屋顶，或者干脆跑到视野开阔的村外，翘首观看来自北京的辉煌，那隆隆的礼炮声更增加了我们对北京的向往。

去北京的路是很艰难的，没有公共汽车，大多数人都靠的是两条腿。人是地里仙，十天走一千。后来我长大了，也曾用两条腿走过这段路，不过是四五个钟头的时间。条件好一点儿的，或者老弱妇孺，可以骑驴进京。有专门从事驮运生意的，称脚行。脚行又分两种，赶脚和放脚。赶脚的是把式赶着驴，驮着人跟着走，这是很辛苦的，一天走一个来回，就是百十里路。放脚很有意思，客人把脚钱交给老板，老板便放心地把驴交给客人。客人自己赶着驴直奔京城，一路驴蹄笃笃，看不尽的田园风光。到了城门口，通常是永定门，驴便自己停下来。客人想占些便宜，想赶着驴进城，这可难了。一路上非常顺从的小毛驴突然倔强起来，又踢又咬又叫，多一步都不肯走。直到客人把它的缰绳放了，它便一路小跑地往回赶。有人想捎脚拦住它，可以。小毛驴很顺从地停下来，驮上你又笃笃地往前走。到了马驹桥镇，小毛驴便加快了脚步，你想中途下来是不可能的，径直把你驮到脚行，你把脚钱交给老板，才能从驴背上下来。

到了我记事的时候，脚行不见了。每隔几天，便有一辆烧劈柴的老式锅炉汽车，踉踉跄跄地开进我们的小村，那嘣嘣的响声震撼着每一个小屋的窗户纸，也震撼着孩子们的好奇心。我们总是闻声跑出来，看着汽车上坐着的进京的人，总能从那些愁苦的脸上读出些许的幸福和自豪。常有人从汽车上下来，这或许是谁家的亲戚；也有人拦下汽车上去，这是小村的人进京走亲戚。

无论是走下汽车的，还是坐上汽车的，都让我羡慕不已。因为他们都跟北京有直接的关系，都跟城里人有直接的关系。

我童年的时候，已经开始宣传工农联盟了。但是越宣传，工人与农民的差别越大，城市与农村的差别越大。城里人穿制服，农村人穿土布；城里人吃白面，农村人吃糠菜；城里的男人留分头，农村的爷们剃光瓢儿；城里的女人穿露着大腿的裙子，农村的娘儿们裸着奶子穿大裤裆挽腰裤；城里人说话字正腔圆、规矩干净，农村人说话侉腔侉调、脏话土话连篇……总之，城里人有文化，农村人是大老粗；城里人有钱，农村人是穷光蛋；城里人文明，农村人野蛮，即使称不上野蛮，也土里土气、愚昧顽固。

这是我对城乡之间、工农之间的基本认识，这种认识直接来自我的所见、所闻、所感，是根深蒂固的。这种认识决定了我对城市的向往和对农村的厌恶，过早地确立了我跳出小乡村、成为城里人的生活目标，也确定了我人生的基本追求和最高理想。这是后话。

我当时一是羡慕，二是埋怨。我们毕竟属于京城畿辅，许多家庭跟城里都有着直接的关系，有的人的父母在城里工作，在村里他家则是高人一等的工人家属；有的人的叔伯兄姐或别的什么关系是城里人，他们则自豪地称为是城里人的亲戚。谁家从城里来了亲戚，很快传遍了小乡村的家家户户；谁家要是有人进城走亲戚，更是让全村人羡慕得眼红。某村有一个虚荣心很强的女人，总是非常招摇地往城里跑。她的公公在城里工作，她去伺候公公是理所当然的。跑的时间长了，跑出了问题，村里很快传遍了她跟自己的公公乱伦的丑闻。她的地位一落千丈，从人人羡慕的工人家属变成了人人唾骂的破鞋……

我的埋怨主要来自于父亲，我总觉得他在人生道路的十字路口，犯了一个不可弥补亦不可饶恕的错误。他从十几岁就在城里学徒，先是学玉器行，后来学做皮鞋。由于吃不了“三年零一节”的学徒之苦，两次都废在半途，最终又回来种地。而与他一起学徒的表姑夫和村里另外几个人都坚持下来了。坚持就是成功，人家理所当然地成了城里人。父亲那个年代不存在户口问题，想成为城里人只要在城里工作就行。本来我们也是有机会成为城里人的，父亲的不坚定给我们的命运带来了灾难性的变化，使我们只能望城而兴叹。

我盼望着成为城里人，一时达不到目标，退而求其次，我亦盼望着有一个城里的亲戚。

机会终于来了。1956 年疏浚凉水河，从城里来了一批民工，分别住在附近的农户家。我家也住进了两个人，一个姓于，一个姓张。我叫他们于大爷、张大爷。他们都来自北京崇文区的委托商行，父亲说他对这个职业很熟悉，从事这个行业的人原来大多是私营企业的小业主和小商贩，公私合营以后他们成了国营商业的职工。他们需要改造，让他们来挖凉水河就是改造的一个重要内容。

这两位城里人跟我家相处得非常好，越是贫穷封闭的地方越是好客，待人也越是诚恳热情。两个人临走的时候，都依依不舍，说是要来看望我们。孩子们总对大人的话很认真，我们总是盼望着两位城里人再来，但是他们却没有来。

直到大饥馑之后，农村稍稍缓过气来了，城里的粮食开始紧张了。一个秋天的下午，张大爷突然跑到我家，他背着半口袋红薯，神色有些慌张。那红薯是在我们村的地里拾的，每到秋天，到地里拾庄稼是农户人家的一个重要的口粮来源。但拾庄稼有许多规矩，只限于本村本队，更不用说城里人了。张大爷闯入了我们村刚刚收完的红薯地，看青的当然要抓他了。

看青的追到我们家，父母亲急忙替张大爷说情。张大爷只好把拾到的半口袋红薯交了出来，看在父母亲的面上，看青的没有把张大爷带走。张大爷的口袋空了，父母亲则把家里刚刚分到的红薯装进张大爷带来的口袋里。就这样，张大爷又跟我家接上了关系，并正式交往起来。

这一年放寒假，在张大爷的一再邀请下，父母亲批准我到张大爷家去一趟。

那是我平生第一次进北京城，这是我梦寐已久的，其激动与兴奋的情绪便可想而知了。

张大爷家住在虹桥附近的沙土山后街甲一号，是一片陈旧狭小的大杂院。他家住的一栋厢房，两间，很小。院子外面，还有很大的一片空旷地。但是对于来自小乡村里的孩子，这便是一个很繁华、很了不起的地方了。他家的门口有一个有轨电车站，轰轰隆隆的钢轨声和叮叮当当的铃声没日没夜地响着，很诱人。接待我的是张大爷和张大妈，陪伴我的却是小英子和她的弟弟。小英子大概比我小两岁，可是在我的眼里她却非常聪明、能干，她什么都懂，哪儿都敢去。她带着我到天桥去玩儿，看摔跤、看硬气功、看拉洋片、听大鼓相声，在那些地方我总是流连忘返。她还带着我去天坛，看祈年殿、听回音壁、参观九龙树。小英子是我走进城市的导游和启蒙，我很感激她。以后经常想起她，多次想再见一见她，但终究没有了机会。我到张大爷家只去过一次，而且是最后一次。

要说我家没有城里的亲戚也不公平，亲戚还是有的，是母亲的姑姑，我们叫她姑姥姥。姑姥姥的身世很苦，常听母亲说起她。她年轻的时候嫁到了蛮子营，姑姥爷在唐山开着杂货铺，日子过得蛮殷实。有了两个孩子以后，姑姥姥也去了唐山。小人不能有权，穷人不能有钱。姑姥爷有了两个糟钱以后便活作起来，抽起了大烟。很快那个杂货铺便抽没了，家里的东西也都变卖光了。一家人穷得连口粥都喝不上。最后没有办法，姑姥姥只好狠心将自己的亲生女儿卖了，卖了五块大洋。那是一个晚上，姑姥姥想用卖孩子的钱出去买点儿吃的，姑姥爷追了上来，要那五块大洋去买大烟。姑姥姥骗他说，那钱在孩子的口袋里。姑姥爷在跟姑姥姥要钱的时候，背在后面的手里攥着一块大鹅卵石，姑姥姥的钱要是不给她，他就会把姑姥姥砸死。姑姥姥说的孩子是指他们的儿子，这会儿正在家里饿着肚子等着母亲买吃的回去。

姑姥姥知道姑姥爷要回去找钱的，便抄近路急忙跑回了家。跑到半路，原来跟姑姥爷合伙做生意的一个好心人告诉她，你快抱着儿子逃命吧，你男人已经把你和儿子卖给一个卖元宵的了，今儿晚上他就要来领人。就这样，姑姥姥抱着儿子跑了。姑姥姥带着儿子跑到了北京，以给人家当老妈子为生，直到共产党来了。表舅长大了参加了工作，姑姥姥成了城里人，不再给人家当老妈子了。她家住在大郊亭附近的九龙山，算是城边上了。

相比之下，那时候的北京要比现在清净得多。我去张大爷家的时候，有一天下午跟小英子在院外的一个沙包上玩儿，突然听到有人喊我，回头一看竟然是大舅。大舅骑着一辆破自行车，刚刚从乡下来，要到姑姥姥家里去，问我去不去。我也巴不得能到姑姥姥家去看看，作为我们家的亲戚，姑姥姥总是到我们家去，却从来没让我到她家去过。大舅告诉我，坐 23 路汽车，到化工路西口下车，他骑着自行车到那里等着我。

表舅已经结了婚，有两个孩子，一个是我的表弟小健，一个是我的表妹小娟。

两个城里的孩子跟我都很合得来，夜里睡觉的时候，姑姥姥让我跟小健盖一床被子。我脱下棉衣，里面的衬衣已经破得一条一缕了。小健惊讶得大叫起来：奶奶您快瞧，表哥穿了一件破烂儿。姑姥姥急忙制止他，不让他说。我虽说有点儿尴尬，却也并不大在意。在庄稼人看来，外面的衣服不破不露就行了，里面的衣服臭讲究什么？姑姥姥还让表弟带着我到职工浴池里洗过澡，那是平生第一次在澡堂子里洗澡，觉得很奢侈、很惬意。

从那以后，我跟姑姥姥家也正式建立了往来关系。再进城则理直气壮地去她家，因为姑姥姥家毕竟算是正经的亲戚。姑姥姥与我们家和舅舅家来往多一些，还有一个原因，就是姑姥姥死后要埋回故里，还让大舅为她准备了一口棺材。没想到，姑姥姥没死，那口棺材大舅自己倒先用上了。大舅是英年早夭，突然而逝的。不久，姑姥姥也去世了，遗体还是运回故里了，重新做的棺材。姑姥姥去世以后，我跟表舅家的来往便越来越少了。我结婚的时候，表舅妈和小娟也来了。那时小娟也长大了，在公安交通车辆管理所工作，很不错的职业。她当时还给我留下一个电话，时间一长也丢掉了。这门亲戚虽说二十多年不来往了，但是也是常常想起他们，也非常感激他们。因为在我童年的生活中，他们毕竟给我填补了一个很大的空白。

2016 年 8 月 7 日整理

乡村里的“工作人”

“工作人”是代表党和政府的，是来给老百姓办事的。他们大多从城里来，是乡村人共同的“亲戚”。好客的庄稼人争着抢着往家里拉他们，把终年舍不得吃的东西拿出来，而他们也廉洁得不动群众一针一线。

我对“工作人”最直接的好感还是来自母亲。那时候，常有“工作人”到我们小村来。父母亲还年轻，出身又好，肯定是“工作人”开展各项工作的对象。但是有一件事我记得，那就是让“工作人”失望了。抗美援朝，动员适龄青年参加志愿军，父亲当在适龄之内。我理解父亲为什么不参军，参军光荣，又有前途，这是明摆着的道理。他是接受了伯父的教训，伯父是被国民党抓去当兵的。解放军打四平的时候，他从死人堆里爬出来开了小差。他讲了许多战场上的残酷和恐怖，父亲害了怕。因为这件事不积极，父亲在政治上便丧失了前途，他一辈子没入过团，没入过党，历次政治运动也没有人将他当作积极分子。没整过人，也没被别人整过，倒也落得一身干净。

母亲念念不忘的“工作人”是个女同志，名叫常林，是马驹桥区区长刘惠民的妻子，区妇联主任。那是一个一点儿架子都没有的领导者，家家户户的门槛都被她踢破了，跟母亲特合得来，总是动员母亲出来工作。那时候，母亲刚生完大妹，没有奶水。常林的孩子寄养在另外一个村里的一个老乡家，正好也在哺乳期，她没有时间给自己的孩子喂奶，每天都到我家给大妹喂奶。我们那个小村里的人是很讲知恩图报的，喝过奶水便是再生父母。因之，母亲和常林总有一种特殊的感情。后来常林和丈夫一起调走了，据说调到首钢搞工业去了。三年大饥馑时期，常林还到我们那个小村来过一次。原来的村长自杀了，许多当年的干部不在了，她便住在原来的房东家，患了肠胃炎。母亲听说了，急忙将她接到我们家，为她做了鸡蛋，她说什么也不吃鸡蛋，只吃了两个土豆，临走的时候，还偷偷留下两元钱。这件事一直让母亲过意不去，总让我打听刘区长和常林的下落，现在日子好过了，母亲更是念念不忘那个“工作人”的好处。可是直到今日，我也没能将他们的下落打听出来。翻遍了通州地区的组织史，也没查出常林的名字。刘惠民倒是查到了，曾任七区（即马驹桥地区）副区长，任期是1948年12月至1949年9月。

到了我接触“工作人”的时候，全没了这种温馨的情调。那正是山雨欲来风满楼的前夜，人们刚刚从大饥馑的威胁中逃出命，刚刚将闲了半挂的肠子填个半饥不饱，轰轰烈烈的“四清运动”便开始了。

我可能是我们家第一个展示政治前途的人，不但父母对我希望有加，连祖父、伯父也对我刮目相看。我被选为“四清运动”的积极分子，越过村级领导，直接受“四清”工作队领导。因为我出身贫农，又是中学毕业生，这在当时的农村堪称是秀才了。我的工作是和工作队一起对村里的账目进行彻底清查，当时叫“查账小组”。当然，被选为“查账小组”的还有另外几名年轻人，都是我的同学。

我们村的“四清”工作队主要来自北京针织总厂，队长程育才，是该厂的厂长，南方人。听说他写过一本叫作《经编》的书，我便格外地崇拜他。此外，还有几名来自部队的“工作人”。

查账这种工作很枯燥，也很无聊，从初级社到高级社到人民公社，所有的账本都抱来，一账一账的单据跟账面核对，这不啻是为会计核对账目，不要说没什么问题，就算是有问题，也很难查出来。好在我们只负责查账，不参加对“四不清”干部的审讯，那种极端严肃的工作另有工作队员来做，也另有积极分子。隆冬腊月，外面风吼如狮，滴水成冰，我们免去了战天斗地之苦，坐在有着火炉的屋子里查账，倒也十分惬意。

账上没什么好查的就聊天，听工作队的人讲天南地北的故事，让我们大开眼界。

跟我关系最密切的是一个叫作陈道生的年轻人，他是该厂的技术员，大学刚刚毕业，江苏吴县人。他长得很秀气，戴着一副白边近视眼镜，白白净净，文质彬彬，一个标准的奶油小生。我跟他合得来，主要是两点，一个是他的字写得漂亮，我经常模仿他的字；二是他喜欢文学，还写点儿诗什么的。如果再深挖一点儿，就是他身上有一种很浓的小布尔乔亚的情调，读书人的通病，也许该算是臭味相投吧。很快，我们两个成了好朋友，他经常到我家里去玩儿，我还把我的一些朋友介绍给他。这本来挺好的，却突然出了事。工作队的领导突然找我谈话，说陈道生被停职审查了，让我揭发他。

这是我在政治斗争中遇到的第一个挫折，现在看来如同儿戏，在当时却搞得沸沸扬扬，紧张恐怖。陈道生的错误据说是违反了工作队的纪律，跟房东的女儿谈恋爱。这纯属诬陷，他跟房东的女儿关系很正常，而且在我的心目中，以陈道生的才与貌以及社会地位，是绝对不会爱上一个农村柴火妞儿的。连我都不放在眼里的人他能瞧得上吗？

工作队负责人本来是找我揭发陈道生的，我却替他辩护起来。那个负责人很不高兴，让我揭发陈道生别的问题，譬如写诗呀言论呀，等等。我一想惨了，陈道生肯定得罪了工作队里的什么人，欲加之罪，何患无辞？他这一劫是很难躲过去了。可是我不能出卖朋友，这是我做人最朴素的准则。

陈道生惨了，我也惨了。我被从查账小组“清查”出来，也只好顶风冒雪战严寒去了。还有，我本来是工作队培养的重点，第一批要发展的党员就有我，由于我的表现太让他们失望，他们便把我从新党员的名单上划掉了。

更让我受不了的是，工作队非但不信任我，还开始歧视我。工作队中有一个女孩儿，姓贾，是针织总厂的厂医。与其说她是来搞“四清”的，倒不如说她是医疗工作队。她总是背着一个红十字药箱，在村里走东家串西家，为贫下中农看病送药。所以，村里人谁有什么头疼脑热，都找她。小贾长得小巧玲珑，文文弱弱，说话轻声慢语，村里人也都非常喜欢她。

有一次，母亲病了，我到小贾的住处去请小贾。跟小贾住在一起的是一个从部队来的女孩儿，姓汪，大家都叫她小汪。小汪虽说长得也很漂亮，但却总是一脸的警惕和严肃，阶级斗争的觉悟非常高。我敲开小贾的门，说母亲病了，请她去给看一看。小贾二话没说，背起药箱要跟我走。小汪却把她拦住了，绷着脸对我说，你母亲病了找医院，我们是来搞“四清”的，不是给人来治病的。我什么话都没有说，扭头就走。我回到家里，告诉母亲我没有找到小贾，要到马驹桥卫生院给母亲请医生。我刚从院子里出来，就看见小贾背着药箱来了，后面还跟着小汪。大概她们也觉得刚才对我太过分了，或许有别的人说了什么。可是我当时年轻气盛，把她们拦在外面，说我母亲的病不让她们治，你们好好地搞“四清”去就是了。

这件事我得罪了小贾，小贾回去哭了，这是我后来听别人说的。冷静下来一想，小贾并没有错，她不该受我这个委屈。我想找小贾道歉，这支工作队却突然撤了。

我跟陈道生的友谊维持了很长时间。他走后，我们互相通信，也互相拜访过。小贾则一直没有机会见面，对她的歉疚也一直藏在我的心里。

2016 年 8 月 7 日整理

故乡的裸俗

一

先讲一个真实的笑话。

我参加工作的时候还不到二十岁，在家乡的公社机关供职。那时候要常常下乡与贫下中农实行“三同”，即“同吃、同住、同劳动”。有一天在公社开完会，我骑着自行车回到我“三同”的那个小乡村。

正是三伏酷暑季节，烈日炎炎，乡亲们都在吃午饭或者午休，村子里一片阒静，连狗都趴在树荫下吐着舌头。

街道很窄，两边是高坡，高坡上便是农舍。前面一个女人，扛着个硕大的笸箩，差不多把整个街道都占据了。我只好推着自行车，默默地跟在她后面走着。

很显然，女人是个孩子妈，上身赤裸着，从后面看很肥厚，两只鼓胀的大乳房随着她的脚步甩来甩去。她是刚刚磨完面回来，肩上、背上以及那甩来甩去的乳房上沾着花花点点的面屑。如同村子里的大多数已婚女人一样，她也穿着宽大的挽裆裤。所谓挽裆裤，就是一种裤腿裤腰裤裆都非常肥大的布单裤。这种裤子穿在身上，呼一口气，让肚子瘪下去，然后，把裤腰朝左一折，再朝右一折，再叠成一个薄边儿往下一卷，然后正常呼吸，裤腰被紧紧地勒在肚皮上了，无须裤带。

笸箩里装满了磨好的面粉，女人右手叉在腰上，左手紧紧地抓住笸箩的边缘。她扛着这么大的一个笸箩有些吃力，走得很慢。突然，她似乎觉得哪儿不得劲儿，将笸箩往上颠了颠。颠笸箩的时候可能肚皮瘪了一下，那肥大的挽裆裤突啦掉了下来。女人的裤子里是什么都没有穿的，戳在我面前的，是一个赤裸的扛着笸箩的女人，像一幅西洋名画。

裤子缠绕在女人的脚脖子上，女人动弹不得，只好一点一点地往路边移动，费了很大的气力，才移近了道旁的高坡，她轻轻地把笸箩放下，提起裤子，瘪起肚子，重新把裤子挽好。然后，她便准备弯下腰重新把笸箩扛在肩上。就在这一瞬间，她鬼使神差地回了一下头，看见了呆愣在后面的我。我正尴尬得不知道该如何解释，她却绷起脸来说，小王，这件事就你知道我知道，谁要是说出去……哼！

二

或许你觉得奇怪，女人的挽裆裤里怎么没有穿内裤呢？难道那个时候就时兴“真空装”吗？

我要告诉你的是，不穿内裤是常态，是传统，就是说，无论男人或女人，没有人穿内裤，老祖宗留下来的规矩。直到20世纪70年代，内裤乳罩等时髦的玩意儿才通过知识青年传到农村。开始的时候是在未婚的姑娘中间流传，后来渐渐地传给了已婚妇女。

在我们那个地方，已婚和未婚是有着很大区别的。未婚的姑娘，即使到了夏天，也要穿得整整齐齐的。回到家里，才能穿上兜肚儿。而女人结了婚，尤其是生了孩子以后，便彻底把上身解放了。农村人早婚，有的人生了孩子还不到二十岁，尽管如此，也可以挺着形形色色的奶子招摇过市。我和公社的老主任下乡，一个嫁给本村的女知青找我们控诉家暴问题，就是裸着胸站在我们面前声泪俱下地诉说。我是从小在这种环境中长大的，见怪不怪。老主任是城里人，还是知识分子，他总是低着头，或者把头扭向一边，不敢正视面前那年轻的裸胸。女人以为他不耐烦，总是调整着胸部找位置，追着他的目光诉说。还有一次，我已经调到县文艺宣传队工作了，和一个女导演下乡选演员。听说一个女人的歌儿唱得好，可惜已经结婚了。女导演说结婚没关系，要见一见。我们来到那个女人的家里，认识，女人是团干部，跟我们一起开过几次会。女人给我们开门，热情地招呼我们。我进去了，女导演却站在了门外。原来，那个女人也是裸着胸的，而且怀里还抱着吃奶的孩子。女导演觉得我们很冒失，要等女人穿好衣服再进去。没想到女人根本没有穿衣服的意识，把孩子放在炕上，就一边张罗着给我们泡茶、切西瓜，一边跟我们热情地交谈起来。

所以，我们那个地方对女人的乳房有个说法：做姑娘时是金奶头，当了媳妇是银奶头，有了孩子是泥奶头。

有一件事情很奇怪，农村的女人可以袒胸，却不可以露腿。无论男人和女人，平时的挽裆裤都要盖到脚面的。只有下河或涉水的时候，才可以将裤腿儿卷起来，上了岸之后还要及时放下来。男人还好些，可以将裤腿儿卷到膝盖上面，女人是不可以的。

城里来了工作队，工作队员都是城里人，女人穿裙子，男人穿西装短裤。工作队到老乡家里吃派饭，那个五十多岁的戴着眼镜的老张是穿着短裤到于三奶奶家里去的。于三奶奶不干了，说老张光着两条白白的大腿进了她家的门，跟光屁股差不多，把老张轰了出来，还跑到工作队领导那里告状。结果是老张受了处分，被调回城里了。

大家都觉得，于三奶奶过分了。可是，农村人确实没有人穿短裤。他们有一个很朴素的真理：人的上半身比下半身安全。

三

无论男女老幼，也无论春夏秋冬，睡觉是不穿内衣的，更不用说睡衣睡裤了。没有，没听说过，没见过。祖祖辈辈留下来的规矩，睡觉为什么还要穿衣服？衣服再小也是布做的，布不是花钱买来的吗？浪费。

冬天取暖靠的是热炕，一家人，两代三代，公婆儿媳，叔伯婶子都挤在一铺大炕上。如果不穿内衣内裤，多不方便。放心，屋里是不点灯的，漆黑一片，谁也看不见谁，没什么尴尬，更没什么不好意思。哪怕是夜里到尿盆里撒尿，也是摸着黑的。不仅仅为了省灯油，更为了不让人看见自己的赤身裸体。

夏天也是如此，不穿衣服还有一个好处，就是不招虱子。有一年到承德一个叫作荒地的小镇上出差，夏天，所有的人都睡一铺大炕，总有七八个汉子。店主特别嘱咐，脱下的衣服用腰带捆起来，挂在上面的铁丝上。于是，炕上躺着赤条条的裸男，头上吊着一捆一捆的衣服。夏日夜短，天很早就亮了。外面突然喧闹起来，原来是集日。窗外面人来人往，还摆上了货摊儿。要命的是，所谓的窗户，只有一个窗口，上面有窗棂却没有窗纸，连玻璃也没有。更要命的是，不断地有人趴着窗户朝里面看。里面的裸男们依旧呼呼大睡。还有绝对要命的，女主人进来了，挨个地问，要几碗饭，她好量米下锅。

深秋，红薯刨出来了，却不往村里运，就地切干晾晒。切红薯干在夜里进行，我与一群妇女打夜班。差不多到午夜了，下班了，我走在一群妇女的后面。一个个无精打采，累了，困了。临近村口的时候，突然听到一片狂叫。先是鸡在叫，咯咯咯地惨叫。后面是人在叫，呐喊着威慑地呼叫。原来是一只黄鼠狼拖着一只老母鸡在逃跑，后面一个男人穷追不舍。蔫头耷脑的妇女们立即振作起来，迎着黄鼠狼包抄过去。前后夹攻，黄鼠狼已无逃路。突然，黄鼠狼拖着鸡扭头朝回跑了，原来追鸡的那个男人撤了。不用看就知道了，那个男人光着屁股。见一群女人帮助他拦截黄鼠狼，宁可鸡不要了，也不能丢脸。

夜，是赤裸的世界。

四

据说，裸俗与水有关，大裤裆的挽裆裤与漕运有关。

宽泛地说，我的家乡是京杭大运河的北端头，是天庾正供的漕运码头。除了冰雪封河的冬季，满河都是赤裸的或半裸的男人，押船的运丁，拉船的纤夫，驳船的水手，更多的则是扛粮食的扛夫。当然，也有花船赌船游船，这些船上不但有男人，还有女人。

扛夫都是穷苦人，每到开漕时节，他们便像候鸟一样云集而来。早上出来的时候，他们上身穿着汗褟儿，下身穿着挽裆裤，脚下穿着纳帮鞋。到了河边，他们把汗褟儿脱下来，在小押处抵押几个铜板，买一个大油饼（码头上叫作炉箅子，据说是一斤干面炸成的）。一边吃着油饼一边走向漕船，扛一包漕粮领一个竹签儿，晚上凭着这些竹签儿算账领钱。用挣来的钱先赎回汗褟儿，再买几斤米面带回家，家里还有老少等米下锅呢。这叫一天一咣当。

男人卖的是力气，女人呢，就要卖脸了。她们也穿着大裤裆的挽裆裤来到码头上，手里端着一个针线笸箩，称之为“缝穷的”，或在河边，或在船上，麻袋破了缝麻袋，口袋破了缝口袋，哪个男人的裤裆破了，也给他缭巴两针。不过要小心，别扎错了地方。

讲礼的街道，不讲礼的河道。水里的男人是赤裸的，船上岸上的男人是半裸的。这半裸也跟赤裸差不多，他们舍不得穿着裤子穿着鞋扛麻包，怕糟蹋。将裤子脱下来，往腰间一围，裤裆朝前遮住了裆下的零碎儿，后面的屁股则露在外面。两条裤腿儿在后腰处扎一个扣儿，一双鞋便插在了腰间。

到这里来缝穷的女人只好睁一只眼闭一只眼，非礼勿视，想视也要用衣袖或巴掌遮住点儿。扛夫一天能挣一斗玉米，缝穷的却挣不了几个钱。怎么办呢？大裤裆帮了他们的忙。船上岸上有的是粮食，“缝穷”的时候得空就往裤裆里塞。到码头上来，都很“文明”地绑着腿带子，干净利索，上身也穿着黑大褂儿。不是易了裸俗，而是为了捎带粮食。一天下来，并不比卖力气的扛夫挣得少。

漕运早在大清咸丰年间就废了，挽裆裤却留传下来。当然，今天也灭迹了。

五

裸俗还附带产生了另一种习俗：粗话、丑话和黄段子。

黄段子不是网络之后才有的，我从小听到的比这精彩得多。只是那时候不叫黄段子，叫高粱地里的故事。

身体的赤裸肯定会导致语言上的无遮拦。无论男人还是女人，甚至未婚的姑娘，说起那些粗话丑话来都毫不迟疑，越是公众场合越来劲儿，炫耀似的。特别是吵架的时候骂出的那些话来，更是花样翻新令人寒战。本来我想详细地谈谈的，也颇有意思颇有意味的。打住，少儿不宜。

2016 年 5 月 31 日于紫荆园

庄户人家的看家菜

庄稼人基本上不买菜，单干的时候，自己种什么吃什么；合作化之后，生产队种什么吃什么。农村集市上卖菜的也不多，原因是穷，不把钱攥出水来，是舍不得花出去的。

春夏秋季还好，田园里或多或少都种点儿菜，沟边河沿上也能采到野菜。漫长漫长的冬季怎么办?

庄户人家有看家菜。

大白菜

感谢上帝创造了大白菜这个物种，没有它，真不知道北方人会怎样过冬。可以说，大白菜是整个北方人的看家菜。

到了冬天，城里人住的楼道都堆积得满满当当的，走在里面都要侧着身，家家户户的门口不是码着蜂窝煤，就是摆着大白菜。入冬的时候，买不到大白菜，市民恐慌，政府也恐慌。政府为了解决冬储大白菜也算是用尽了心力，层层给任务、下指标。20世纪90年代初的春节，我和几个朋友到一位基层领导者家里吃饭，进了小区挤不进去了，周围挤满了人。原来一个农妇到城里的姐姐家来，央求姐姐为她卖大白菜，姐姐帮不上忙，她在姐姐家跳楼自杀了。那一年北京市的主要领导亲自抓菜篮子，强制农民多种大白菜。没想到“政绩”闹大了，白菜大丰收，卖不出去了。农民丰收了，却把命丢了，只能怨大白菜。

庄户人家储存大白菜多是自己种的，也有的是生产队完成了征购任务后分给社员的。储存的方法是窖藏，家家户户的门前都有两个窖，一个是白菜窖，一个是红薯窖。手里有粮，心里不慌；窖里有菜，实实在在。

红薯窖和白菜窖大多是在院子外面，差不多是街头上。不用担心，没有人偷。一是家家户户都有；二是民风淳朴。也不尽然，后来知识青年来了，便用竹竿儿绑上钢钎从窖里扎菜。农民发现了，最多也就是说两句，骂两句，并无多怪。但凡自产的，农民是很慷慨的。

窖里储存着大白菜，也储存着欲望与浪漫。冬日，白雪皑皑冰天寒地，万物都在冬眠，疯长的只有年轻人体内的荷尔蒙。于是，白菜窖便成了男女幽会偷情的最好去处。一是隐蔽；二是暖和；还有三，借口便利。

何为借口便利？因为储藏在窖里的大白菜需要经常翻弄，叫作倒窖。大白菜在窖里是一排一排码放的，时间长了不动就会腐烂。解决的办法是经常一排一排地挪动，重新码放。挪动码放的同时，要把开始腐烂的帮和叶掰掉。干这种活儿最好是两个人，一个人拿起白菜整理好之后，递给另一个人重新码放。男人们看上了谁家的姑娘或媳妇，常常会主动地找上门，热心地帮助倒白菜。或者，对男人心仪的姑娘或媳妇，也会以倒白菜为借口请对方前来帮忙。

我的一个邻居兄弟，出河工住在城边的一户人家，看上了房东的女儿，便常常帮助姑娘下窖倒白菜。

白菜窖里是黑暗的，黑暗助长了男人的勇气；白菜窖里是狭窄的，狭窄给男人绝好的机会；白菜窖里有一股酸腐的味道，那味道如酒，能让人醉。两个人手递手地传送着大白菜，白菜传到了，手便不松开了……

河工结束后，我那兄弟领着一个媳妇回来了。

老咸菜

储存大白菜用的是窖，腌制老咸菜用的是缸。城里人很少用缸，农村的缸却支撑起了半个家。院子里有水缸，墙边上有咸菜缸和酱缸，屋子里还有面缸和米缸。这些都是赖以活命的，是须臾不可或缺的。

老咸菜，也叫作咸菜疙瘩，是用芥菜腌制的。农民的土地再金贵，也要种两样菜，一是大白菜；二是芥菜疙瘩。

芥菜疙瘩有点儿像萝卜，圆形的，有辣味儿。

秋收以后，收获的芥菜堆放在院子里，将根须和缨削掉，清洗干净，就可以腌制了。

把洗好的芥菜疙瘩放进大缸里，码好，加少量的水。水很讲究，不能用冷水，也不能用热水，要把烧开的水放凉。然后，把粗盐放进去便可以了。芥菜疙瘩上面的缨是不能丢掉的，所谓的缨就是茎叶，长尺许，有茎有叶，湛清碧绿的，看着就开胃。将缨洗干净，放在芥菜疙瘩的上面，一并腌制。为什么要放在上面呢？因为腌制缨不要很长时间，三五天就可以取出来食用。

芥菜缨可以单吃，切成小碎块儿当咸菜吃，也可以加黄豆、加肉炒着吃，很下饭的。

腌制咸菜要用一冬的时间，然而这只完成了工序的一半。来年春日，将缸里的芥菜疙瘩捞出来，在太阳下暴晒，晒得表皮蔫糊糊的。而缸里的咸汤也要舀出来，放在大锅里熬制。将农家菜常用的一些佐料都准备好，八角、花椒、丁香、桂皮、三代等，放进一个布口袋里，缝好，扔进锅里。俄顷，香气四溢，随风蔓延到全村。咸汤一边熬制，一边调剂，少了添水，淡了加盐。文火慢熬，滚汤冒气。

咸汤熬制好了，放凉了再舀进缸里。这时候，将晒好的芥菜疙瘩重新放进缸里，继续腌制，十天半月后，便可以食用了。

一般地说，咸菜是庄稼人长年不断的菜。家家户户都有咸菜缸，咸菜缸一般放在院子里的墙根处，随时都可以取出来。咸菜腌的时间越长，颜色越深，味道越浓。

有些人家确实穷，老咸菜吃完了，芥菜放进缸里迫不及待地要吃。这是新咸菜，颜色是清白色的，有股尚未消退的辛辣味儿。将新腌制的芥菜疙瘩切成丝儿，拌上一些花椒油，味道非常独特，浓香爽口。切咸菜丝儿是需要功夫的，一是要均匀，二是要细，还不能断。一盘咸菜丝儿端上桌，粉丝一般细，散发着浓郁的香气，看着诱人，入口绝美。谁家的媳妇能把咸菜丝儿切出水平来，是丈夫的骄傲，是婆婆的脸面，会扬名的。

老咸菜切的时候不大讲究，粗细长短都有。我们孩子放学饿了，从饽饽篮子里抄出一个棒子面饼子，从咸菜缸里捞出一个老咸菜疙瘩，也不切，随便掰一块。一手拿着饼子，一手拿着老咸菜，吃得津津有味。

咸菜多是生吃，也可以炒熟了吃，同样可以放黄豆，奢侈点儿的放点儿肉，端上来便可以待客。

无论是新咸菜还是老咸菜，庄稼人的饭桌上一年四季都能见到。

腌咸菜还有两个副产品，一个是老咸汤，一个是咸泥。

腌咸菜用的是粗盐，灰黑色的，颗粒大小如玉米粒。咸菜缸里总是要保持一定的水分，以完全浸泡芥菜疙瘩为准。粗盐里含有许多泥土和杂质，盐分进入了咸菜里，泥土和杂质便沉到了缸底。每年春天，芥菜疙瘩捞出来之后，也要顺便把缸底清理一下。缸底下的咸泥和杂质，称为盐泥。村民们把事先积攒下来的鸡蛋和鸭蛋搬出来，裹上盐泥，装进坛子里密封，便能腌制出味道独特的鸡蛋或鸭蛋。

还有老咸汤，就是咸菜缸里的盐水。20 世纪 70 年代初，人民文学出版社的一位老编辑下乡，回来后非常得意地对我说，他吃了一顿最美味的面条儿，是用老咸汤拌的面。面条儿是我们家乡的主食，有白面的玉米面的豆面的混合面的等，无论是什么面条儿，调料很重要。从咸菜缸里舀出一碗老咸汤，将花椒用油炸焦后兑进去，拌在面条儿里，味道很好。老北京炸酱面全国闻名，用的是肉酱或鸡蛋酱拌面。与炸面齐名的打卤面，卤有多种，西红柿鸡蛋、肉丁茄丁、蘑菇木耳，等等。这都是列入菜谱上了台面的，流行在民间的则是老咸汤拌面。可以这么说，炸酱面、打卤面、老咸汤面这三种调料，才构成了完整的老北京面条儿。老咸汤面是近些年才被商家发掘出来的，用的也是老咸汤，兑的也是花椒油，可是怎么也吃不出原来的味道。包括市场上买的咸鸡蛋或咸鸭蛋，缺少盐泥的味道，寡淡得很。

酱

酱，亦称之为大酱、黄酱、豆瓣酱云云。由此可见，酱是大豆做的，庄稼人视粮食如命，大豆更是稀珍之物，完全用大豆做酱，着实舍不得。于是便开始在用料上伤脑筋动手脚了，可见假冒伪劣古已有之。

平时啃剩下的饼子、窝头、糠饽饽，舍不得扔，便一块一块地积攒下来，放在一个篮子里。这些干粮开始变馊，继而发霉，到后来风干了，硬得如同砖头瓦块。来年春天做酱的时候，把这些又黑又硬的东西拿出来，放在碾子上轧，然后用箩筛成面粉状，备用。

这些东西是用来掺假的，光用假的是不行的，还需要真材实料的黄豆。至于黄豆用多用少，就要看家底儿而定了，需要说明的是，那时候农民造假，可不贩假，真真假假都是自己享用，所以掺了假的东西也做得很精致。

黄豆需要挑选一遍，去掉坏的、烂的及沙砾杂物，再清洗一遍，放进锅里煮熟。煮熟之后捞出来再晾一晾，然后也放在碾子上轧。不必轧碎轧烂，轧扁即可，呈豆瓣儿状。

熬一锅稀粥，小米粥最好，玉米面粥亦可。将豆瓣儿和那些碾好的剩饽饽面混在一起，搅拌均匀，成了一锅稠稠的面糊豆瓣儿。把这些面糊攥成团儿，大小如馒头，形状也是圆的或半圆的。这些黑乎乎的圆东西称之为酱糗，把酱糗放进大盆里，用花秸稻草盖好，再将大盆放在炕头上。炕头上温度高，几天以后，霉气味儿便从大盆里散发出来。揭开大盆上的遮盖物，酱糗上长出了一层长长的白毛。掰开酱糗检查一下，要里面都发霉了才行。有些里面还是“糖心”，继续捂盖发酵。

酱糗发酵好了，拿出来晾晒。满院子都是长着白毛的酱糗，家家户户如此，满村都是带着一股清香的酱糗味儿，生活充满了美好和希望。

酱糗要晒干、晒透，硬邦邦的。用榔头将酱糗敲碎，再放在碾子上轧成面，便可以入缸了。

稀释酱糗面的依然用稀粥，或米汤。把这些东西放进缸里，一边搅拌一边加盐。盐要舍得放，盐放少了酱会变酸的。谚云：省了盐，酸了酱；省了坯，塌了炕。酱入缸之后不能封缸，敞开晾晒。三五日以后再把缸盖上，这样再放一放，便可以食用了。

需要注意的是，北方多杨柳，做酱一定要在杨花柳絮飘飞之前完成。否则，晾晒在院子里的酱糗和酱缸，便在劫难逃了。

2016年7月28日于紫荆园

舌尖儿上的乡愁

人的味觉记忆是最强的，所谓思乡怀土，怀念的是什么呢？除了浓浓的亲情与乡谊，主要是童年时候吃过的美食。童年的饮食决定了一生的口味，那些粗茶淡饭总是刺激着味蕾的记忆，这便是乡愁。乡愁从舌尖上涌起，随着流动的血液浸入骨肉，浸入肠胃，浸入魂灵。

碾转儿

四五岁的时候，母亲带着我到邻居家去玩儿，尝到了一种叫作“碾转儿”的东西：细细的，长长的，螺旋状的，有点儿像当今的方便面，比方便面螺旋还要密集一些。为什么方便面是螺旋状的呢？或许是根据碾转儿的形状设计出来的，螺旋状是很能刺激人的食欲的。

碾转儿的做法很复杂，也很有诗意。长到七八成熟的大麦还不到收割的时候，农妇们便把半熟的大麦穗剪下来，放在锅里炒，也是炒到半熟，然后装进麻袋里摔打，这样麦粒便会从麦壳里脱出来，再用簸箕将麦壳麦芒颠簸出去。这种圆溜溜、鼓胀胀，闪烁着鲜嫩光泽的麦粒看着就十分诱人，但是还不能吃。农妇们把这些麦粒端到磨坊，倒进磨眼里。随着石磨的转动，一条条细细长长的面条儿从磨缝儿里滴溜溜地转出来，有如车床切削出来的那种螺旋状的铁屑。

磨坊里的香味让人无法抵御，馋嘴的孩子忍不住央求母亲，母亲拿出一两根细条儿放在孩子的舌尖上，让孩子慢慢地品尝。尽管从磨缝里出来的碾转儿已经成形了，但是还不能当饭吃。餐桌上事先预备好了黄酱和莴苣菜的叶子，把它们和碾转儿拌在一起，整个房间里都散发着新麦的清香和莴苣菜的鲜味儿。这不是农民必备的主食，把它当成充饥的主食太奢侈了，也太浪费了。

有什么办法呢？麦收之前，青黄不接，老百姓的米缸面袋都空了，离新麦下来还有半个多月的时间，如何度过这些难熬的饥饿时光呢？大麦比小麦熟得早，为了充饥，也只好先将半熟的大麦虏来了。大麦本来是喂牲口用的，怎么做都很难入口，聪明的饥民们硬是用它制造出了艺术品，制造出了难以想象的美食。

自从幼年时期有幸尝到了这种美食，以后再无缘相见了。很多时候，我跟同龄人谈起来，很少有人知道。我以为，这种美食只是出现在我们那个贫穷封闭的小乡村里，太独特，也太另类了，今生今世，恐怕再难以谋面了。如同少不更事的时候遇见的一个怦然心动的女人，以后天各一方杳如黄鹤，只能将美丽的记忆变成虚无的梦境了。

万万没想到，半个多世纪之后，我竟然在河南济源与它相遇了。梦牵魂萦，这让我是何等的激动啊。在临街的一个小饭馆里，摆着几样菜食，我的记忆已经不大可靠了，没有当场认出它，而是靠托盘上的菜名发现了它。

跟饭店的伙计聊起来，他们制作碾转儿的方法以及食用的作料竟然与我的记忆完全一样。所不同的是，我们用的是大麦，他们用的是小麦。河南是小麦的主产区，这不奇怪。

枯　　哧

从济源回来之后，我常常向朋友谈起我与碾转儿的奇缘。可惜的是，很少有人知道它。那天友人小聚，我又情不自禁地谈起来，老画家景浩居然知晓，我们立即成了知音，津津乐道絮絮叨叨说个不停。

说来说去，竟然又谈起了一种异曲同工的美食：枯哧。

这也是青黄不接的时候用来充饥的食物，只是季节不同。碾转儿产生在初夏，枯哧产生在早秋。

小麦原本就是数量有限的，加上白面属于细粮，一年四季关键的时候不可或缺。到了入秋以后，农民的灶台上又只剩下稀汤糠菜了。

最让人期盼的是田里的玉米。玉米正在灌浆时期，大多还没有成熟，有少量的长得急了些，提前苍了皮。饥饿的农民钻进玉米地里，将先成熟的玉米砍下来，称之为“间”玉米。玉米棒子上面的颗粒还软软的、嫩嫩的，需要用锥子（一种特制的工具）才能剥下来。然后，女人们便把剥好的玉米粒端到碾子上，铺展成薄薄的一层。平时推动那沉重的碾砣是很吃力的，这时候却有一种欢快的感觉。不仅仅是因为在制造美食，还因为碾砣轧在嫩玉米粒上，发出一片片“枯哧枯哧”的声音，清脆悦耳，令人振奋。

玉米粒不是被碾碎了，只是被碾破了。女人们把碾破的玉米粒用铲子铲起来，端回家，像贴饼子一样贴在锅边上。待蒸熟出锅的时候，“枯哧”的香气从小屋里溢出来，飘过半条街。能享受这种美食，庄稼人比过年还高兴。

在人们已经把饥饿与严寒彻底遗忘的今天，美味珍馐将人们的味蕾都摧残成枯枝败叶了。于是，人们又像当了皇帝的朱元璋一样，想起了珍珠翡翠白玉汤。于是乎，野菜、野味、粉渣豆腐渣以及各种粗茶淡饭又重新出现在了人们的餐桌上。但是我说的这两种美食却是非常罕见的。我和老画家景浩探讨过，半个多世纪以来，我们挨饿的时间占了一多半，怎么后来没有再吃过“碾转儿”和“枯哧”呢？他说，一是这种吃法太浪费了，非到万不得已，谁舍得这样糟蹋呢？二是后来的土地都归了生产队，没有人会让你在庄稼没熟的时候去剪麦穗和“间”玉米。

他是对的，我是幸运的。

饹炸饸

天一黑，偏僻的小乡村便与饥肠辘辘的村民们一起沉沉地睡去了。没有声息，没有光亮，偶尔会有几声犬吠。当孩子们即将蒙蒙眬眬进入梦乡的时候，窗户纸上便震动起了一个熟悉的吆喝声：饹饸炸焦……饹饸炸焦……

这声音是嘶哑的、苍凉的，像一头衰弱的老牛在绝望地呼唤着失去的儿女，又像一头饿惨了的老羊在撕扯着烂棉絮充饥。如果有幸你被父母领出门，迎着那吆喝声走去，更会让你毛骨悚然：一盏破旧的灯笼，豆粒儿大的微弱的灯光，灯光里笼罩着一个佝偻着腰的老人。老人一手提着灯笼，一手挎着篮子，踟蹰移步，低着头冲着坑洼不平的道路吆喝着。更要命的是，即使你走到他面前的时候，他也看不清你是谁。他老，罗锅，眼睛还半盲。

他姓于，大伙儿都叫他瞎于三，以贩卖饹炸饸为生。

这样一个又老又丑又瞎又罗锅的残疾人，制作出的饹炸饸却是绝佳的美味。庄稼人只有到了春节的时候才能尝到，对于馋嘴的孩子更是稀罕得很。由于瞎于三的存在，我们一年到头都可以饱口福。当然，恰巧你家里得有钱，恰巧父母大方舍得给你买如此奢侈的食品。

饹炸饸这种美食至今依然没有占领广大的市场，只在通州地区少数几个乡镇流行。但凡品尝到这种美食的朋友，都会赞不绝口。大小如鸡蛋，宽窄类瓶盖，呈椭圆形，是一层一层薄如春饼的面皮儿卷起来的。色焦黄，入口焦脆，有嚼头，味香浓郁，是餐桌上争抢尝鲜的妙品，更是佐酒的佳肴。

据说此种美食与漕运有关。都知道山东人喜欢吃煎饼，当年运丁当中有许多山东人。他们引舟逆水一路北上，天庾正供抵通交粮，少则两三个月，多则半年。家里的母亲慈爱，老婆贤惠，尽可能多地把煎饼塞在运丁的身上，往往到了通州，煎饼还没有吃完。

中国人祖祖辈辈惜粮如命，哪像现在大大小小的餐馆饭桌上任意浪费，当官的糟蹋，百姓也糟蹋，有钱的糟蹋，穷人也糟蹋，如此犯罪早晚会遭天谴的。运丁们余下的煎饼长了毛了，不能吃了，却依然舍不得随便扔掉，便送给通州土著，看能否喂猪喂鸡。土著们得到这么好的煎饼固然舍不得给畜生吃，便有聪明人想出了办法，放在油锅里炸。这一炸不要紧，长了毛的煎饼不仅没有馊味，还焦脆可口，香味盈室。更有通州的聪明人，便大胆创新，翻转花样，增添佐料，屡试不爽，于是乎一种新的美食便蓬蓬勃勃地诞生了。至于为何将这种美食命名为饹炸馅，不妨随意揣测好了。

饹炸馅的制作首先要摊饹炸，类似山东的大煎饼。摊煎饼的原料可以是小麦、玉米，也可以用高粱、小米。而通州人舍不得用小麦，就地取材，多用绿豆。绿豆也珍稀，又掺杂玉米。常见的饹炸馅有三种：一是绿豆的；二是玉米的；三是绿豆与玉米混杂的，以纯绿豆的为佳。

将绿豆或玉米泡好，用石磨磨成浆，这是摊饹炸最正宗的做法，后来有些人偷工减料，用绿豆面或玉米面直接搅成浆，效果差远了。用浆摊煎饼，煎饼是原味，什么材料就是什么味道。通州人的创新贡献是，浆里加入了调料：盐、花椒、八角、桂皮、丁香等，甚至还有五香面、十三香等合成的香料。

摊煎饼用的是鏊子，一种古老的炊具，像一口倒扣着的锅。通州人没有这玩意儿，便用大柴锅替代。

用柴锅替代需要特殊的技巧，主要是锅的温度要适合，不能太高，也不能太低，温火微烫。要掌握好这火候，需要特殊的燃料，一般用的是玉米皮、高粱篾儿等低热量的柴火。火不能太旺，又不能断火，给老娘儿们出难题。

先用热油擦锅，锅底上均匀地抹一层薄油。然后，将磨好的浆舀出来倒进锅里，用的是木勺，要立即摊平摊匀，火候到了，便可揭出一张薄薄的饼。饼揭出来之后，要把锅底蹭干净，用的是一把齐头的、特制的炊帚，然后再把浆舀进锅里。

饹炸摊好了，摞在锅盖上，高高的，圆圆的，看着舒心爽快。

第二步是将摊好的饹炸卷成卷儿，用糨糊将边沿处粘好，然后再把卷切成圆圈儿，将圆圈放进油锅里炸焦，捞出来便可入口。

还有人在卷饹炸的时候，放进一些肉馅或菜馅，这样切出来就要长一些，粗细如黄瓜，长短似拇指，这样做出来的另有一个名字，叫鹅脖儿。

饹炸饸制作很烦琐，用料又很讲究，虽是美味，但不易推广。现代人越来越懒了，谁舍得用刷微信的宝贵时间做这些麻烦事呢？我有一个朋友，“割资本主义尾巴”的时候大胆发财，做的就是这又费时又费心又费料的生意，发了点儿小财。后来“改革”了，他成了名闻遐迩的大企业家，开了一家庄园式的饭店，依然不忘“第一桶金”，用纯绿豆制作饹炸饸，批量生产，成了他庄园饭店的一种特色美食。

补充一点儿，“饹炸饸”的名字只是口传心授，现在成商品了，有包装了，也有品牌了，需要文字表达了。有的写成饹饸，有人写成饹炸饸，还有人写成炸饹饸。别深究，反正都是一种东西，好吃就行了。

尜尜儿

做尜尜儿需要技术，故乡的女人就是心灵手巧。用的是玉米面，最好能用细箩筛出来的细玉米面。和面要用热水，这样面才能抱团儿，不散。

把和好的面用刀拍，拍成长方体，恰似现在的方面包。然后把方“面包”切成片儿，再把片儿切成条儿，再把条儿切成块儿。立方形的块儿，大小形状都像骰子。然后把“骰子块儿”放进簸箕里，簸箕里放着白面，端起簸箕摇，像摇元宵。这样，“骰子块儿”上就会裹上一层薄薄的面粉，其作用是把玉米块儿固定住。当然，也为了吃起来口感好些。

由于这一拍一摇，尜尜儿又叫作“拍尜尜儿”或“摇尜尜儿”。

尜尜儿做好后要煮，难熟，费柴火。煮好以后捞出来就可以吃，方法像吃面条儿，可以用炸酱拌，也可以用卤拌。炸酱有多种，卤也有多种。讲究一点儿的还有菜码儿，一般没有。没有菜码儿不是因为别的，主要为了多吃点儿。如果说吃别的饭食是为了活命，那么吃汆汆儿是最功利的，为了干活儿。

只有干又重又累的活儿才吃汆汆儿，譬如打坯搭炕拔麦子扛粮食入库，等等。原因很简单，汆汆儿抗饿。你想想，这么真材实料精工细做出来的东西，能不抗饿吗？

记住，煮汆汆儿的汤不能扔掉。别忘了汆汆儿上面裹了一层白面，那汤相当于面糊糊。吃完汆汆儿喝碗汤，称作“溜缝儿”，把肚子装得满满当当的，都是干货。

扣咯吱

通州政协文史委组织一些“民间史官”为我的家乡编撰了一部书，名为《京畿古镇马驹桥》，嘱我写个序。书出版之后，镇领导请吃个饭。现在“八项规定”很严格，便在机关食堂用餐。我既是本地人，且曾经在机关供过职，又是他们邀请的客人之一，便“一手托两家”，席间便与镇领导一起谈起了该地区的饮食文化。我谈到了一种叫作“扣咯吱”的美食，并不无遗憾地说，可惜已经失传了。镇党委书记鲁新洪立即说，谁说失传了？我们食堂的大师傅就会做。说着，便吩咐食堂负责人去准备。

众皆惊讶，且欣喜，且期待。

扣咯吱其实很简单，就是炒饼，亦分荤素两种。所不同的是，炒饼出锅之后是散散的，而扣咯吱却是一个整体：半圆的，下面有一层焦焦脆脆的底托儿，形成了一个盘子，盘子里装的则是一般意义上的炒饼。那个半圆形的底盘是在锅里形成的，做好之后，将锅翻过来扣在盘子里。如此，盘子上面又扣了一个“盘子”。这“盘子”焦黄的，看起来还很坚固，像蟹壳。先吃壳，坚壳用筷子翘起来，放入口中，咬起来咯咯作响。很脆、很香，有一种吃饹炸馇的感觉。上面的壳吃完了，下面的是绵软柔香的炒饼。

这种美食只有马驹桥镇有，而且只有一家叫作“二合居”的饭店能做。有人说临近码头镇上的一家饭店也能做，没尝过，无考。

我在镇机关供职的时候，常常与好友到“二合居”享用此美食。那时候基本上属于半饥半饱的状态，肚子里没有油水，往往我们点了这道美食，还嘱咐再加一毛钱的“油”。意思是要比别人的扣咯吱多放些油。多放了油的扣咯吱扣在盘子里端上来的时候，那层壳异常焦黄，且油汪汪，看着便垂涎。如果再奢侈一点儿，再加一毛钱，便可以扣出双面的咯吱。这时候再装进盘子里端上来，便不是半圆形，而是椭圆形了。一个完整的壳儿把炒饼完全包裹起来。这叫作“双面扣”。

无论“单面扣”还是“双面扣”，要的是手艺。厨师的手艺多在火候，火候掌握不好，不是扣糊了，就是形不成壳。好在这种手艺没有失传，我们依然能享此口福。

2016 年 5 月 21 日于紫荆园

庄稼人的职称与晋升

庄稼人有职称吗？有。只是庄稼人从来不把职称印在名片上，更不会在职称下面注明相当于副教授或正科级云云。但是庄稼人的职称是硬邦邦的，直接与劳动报酬挂钩，如果真需要相当什么，大抵与八级工资制相仿。

打短儿的

这是庄稼人职称中最低的级别，相当于临时工。

这里所说的打短儿的，专指干农活儿。譬如“麦收三晌龙口夺粮”，自己忙不过来，要到“人市”上雇临时工。陕西那边称“麦客”，我们这边叫打短儿的，也叫短工。具体的活茬儿，或计件，或计时，干完了结账走人。

临时工里包括不少的童工，保护童工的法令不包括保护农村的童工。过去给地主扛活儿，有一种未成年人，叫作“小半伙儿”。后来地主没了，改成生产队了，“小半伙儿”的角色便被我们替代了。

我说过，庄稼人的孩子吃不了三年闲饭，会走路就会干活儿。村边田头，常常遇见还没有羊犄角高的孩子在放羊，背起小背筐筐底儿还蹭地皮的孩子，在割草拾柴。待到过十岁，三四年级，就可以到生产队挣工分了。分分儿是社员的命根儿，没有分儿就没有吃。尽管分值不值钱，却是活命的唯一出路。但凡生产队允许，便千方百计地挣几个工分。

每到周日或节假日，学校不上课，我们便到生产队去干活儿。多是简单的活儿，譬如将大人收下的麦子攒在一起，把没有收割干净的棉花红薯重新捡拾一遍。最多的活儿是辅助把式的，也是我们最喜欢干的，譬如拉墒。犁地耠地或耘地的时候，把式在后面扶着耠或犁，前面需要有一个人拉着牲口的缰绳，这叫拉墒的。还有播种的时候，最后一道工序是用石砘子把垄沟轧平。石砘子是牲口拉的，也需要有个人牵着牲口的缰绳，这活儿叫“打砘子”。无论做什么，只要跟牲口打交道，便是最兴奋的。使唤牲口是农村孩子的天性，如同现在城里的孩子刚懂事就喜欢打电子游戏一样。

有时候也让我们干很累的活儿。三年大饥馑过后，许多生产队的牲口都饿死了或被杀吃了，该牲口干的活儿只能由人干。譬如拉大车，不是牲口拉，是人拉。有一次，队长让我跟几个妇女一起拉铁盖。铁盖是一种耙地用的农具，长五尺，宽三尺，四框和中间的掌是木制的，下面梳子一样的齿是铁打的。它的用处是将犁完的地耙平，把大大小小的坷垃压碎，以便下一步的播种。这是很累的活茬儿，连牛拉着都非常吃力，却让我们几个孩子和妇女拉。我当时十来岁吧，跟爷爷一起住。夜里，腿疼得要命，哭了起来。爷爷问白天做什么了，我说拉铁盖了，爷爷心疼，又急又怒，说这么小的孩子怎么能干这么重的活儿，明儿我去找队长讲理。

爷爷肯定没有去找队长讲理，他是一个懦弱的读书人。不过，第二天我又活蹦乱跳地上学了，腿不疼了。

半劳力

半劳力的主力军是妇女。说是“妇女能顶半边天”，实际上男女同工从来就不同酬。

半劳力主要体现在工分上，一个合格的男劳力每天十分，半劳力只能挣八分。常常有“女权主义者”站出来为妇女争权益，情况好的时候，妇女也可以挣到八点五分甚至九分，已经相当不容易了。

拼搏在农业生产第一线面朝黄土背朝天的主要是妇女。农村的官大多是男人，脱产了；一些技术活儿譬如赶车的扶犁的使唤牲口的，多是男人；公社摊派下来的劳力，也多派男人去；还有技术员、会计员、记工员、赤脚医生等，也多由男人担任。如此一来，田里的活儿便自然落在了妇女的头上。都知道田里的活儿最苦、最累，可是干这些苦活儿累活儿的却算是半劳力。

那时候有一句非常响亮的口号，妇女能顶半边天。妇女们也抱怨：什么半边天，纯粹是拿老娘儿们当驴使。

之所以叫半劳力而不叫妇女劳力，因为这半劳力中还包括着一些老人、未成年人和残疾人。

劳　力

劳力，又称整劳力或男劳力，这有着明显的性别歧视。就是说，无论怎样，劳力都指的是男人。有的女人不服气，说男人能做到的，我们女人也能做到，要求男女同工同酬。男人则说，是骡子是马拉出来遛遛。这一遛不要紧，失败的肯定是女人，即使不败也认输了，最终还是退了下来。

不是所有的男人都是整劳力，譬如刚刚从学校里回去的我们，总要有一段“试用期”。在“试用”期间，一个是长身段，壮筋骨；一个是学本事。

因为考核整劳力的标准有两条，一是锄地；二是扛麻包。

先说锄地，我们也叫作耪地。耪地是一种非常古老的农活儿，“锄禾日当午，汗滴禾下土”。北方是玉米的主产区，从播种到秋收，一般要耪三四遍。耪地的主要作用一是松土培垄；二是锄草固苗儿。

耪地用的是大板锄，也叫作大耪。锄板为梯形，前面锄刃儿的地方为半月形，锄刃两边为尖角儿状，锄柄长约两米，竖起来比人高。耪地是有规定动作和操作标准的，操锄人站在垄中间，呈丁字步。前腿弓，后腿绷，身子尽可能向前倾斜，顺势将锄板朝前扔出去，入土。然后，身子后撤，后倾，入在土里的锄板在土中后划，用力均匀，深浅一致。垄沟里的土松了，杂草随之断落在锄板的两边。这还没有完，锄板出土后，要把上面的土侧放在垄沟上，以增高垄沟。增高垄沟的目的一是固苗；二是保墒；三是排水。所以说，锄下有三分火，也有三分水。旱季锄地保持水分，雨涝锄地排涝泄水。这仍然不算完，垄沟里的杂草一锄下去基本上锄掉了，垄背上苗中间还有杂草，这就要靠锄刃两边的尖角儿了。“钻裆”“过埯儿”“掏耳朵眼儿”……通过一系列的动作，将草锄净，将土锄暄，将垄培实，这一个动作算是完成了。如法继续，直至将一垄锄完。

最考验男劳力的时候是耪第三遍大棒子地，我们管玉米称为棒子，就像鄂西人称作苞谷一样。正是三伏酷暑，烈日炎炎。或桑拿天气，燠热如蒸。这时候大片的玉米已经一人多高了，密密匝匝，海一样辽阔。钻进玉米地里，就像被扣入了蒸锅，顿时汗如水浇，连气儿都喘不过来。

就这样挥着大板锄钻进密不透风的玉米地里，那滋味儿可想而知。因为酷热如蒸，男人们便把衣服统统脱下来，扔在地头怕丢，便缠裹在腰间。更可怕的事情出现了，茂密的玉米叶子横七竖八地交织在一起，叶片锋利如刃。人在其间穿行，叶子刀刀割在人肉上，锄不了半条垄，浑身上下便都是密密麻麻的小口子，小口子渗着细密的血珠儿。汗水在身上横流竖淌，立即与数不清的血珠儿融合在一起。都知道汗水里含盐，伤口上融盐是什么滋味儿？一个个疼得龇牙咧嘴，咝咝吸气，浑浊的热气吸得进去，吐不出来。用郭德刚的话说，这可真要了亲命了。

前面提到的欲与男人试比高的女人能过得了这一关吗？她能把衣服像男人一样脱掉吗？就算她不脱衣服，她能混迹于一群赤身裸体的野蛮男人中间吗？更不要说血汗交融的疼痛和苦累了。

考核整劳力的第二条标准是扛麻包。

扛麻包的活计是在大麦二秋，即大秋和麦秋。大秋是收获玉米、高粱的季节，麦秋是收获大麦小麦的季节。无论大秋和麦秋，都需要扛麻包。

粮食收下来要在场院里脱粒扬糠晾晒，晒干之后就要入囤。囤设在场院里，是用苇席一茓一茓围起来的。囤的下面铺着木板和苇席，为的是通气防潮。随着粮食往囤里倾倒，囤便越围越高，高过人头，高过两人，还要往上围。我们常常会看见，大秋或麦秋的场院里，高高的粮食囤如一座座塔楼，气派得很，让人舒心、踏实，手里有粮，心里不慌嘛。

无论囤高囤低，囤里的粮食都是男人们扛着麻包倒进去的。满院的粮食装进麻包里，一麻包粮食二百斤，轻的也要一百六十斤以上。丰收是庄稼人的狂欢节，扛麻包是男人在狂欢节上最精彩的演出。说演出毫不夸张，因为这个时候，男男女女都集中在场院上。男人扛麻包是给女人看的，女人则一边往麻包里装着粮食，一边怀着各种心思看着男人表演。

把一个死沉死沉的麻包放在肩上就是见证奇迹的时刻。初级的表演是两个人把麻包抬起来放在另一个男人的肩上，这动作需要三个人完成，这没什么，不吸引人。中级的表演是两个人完成的动作，各揪住麻包的两个角儿，抬起来抡起来，左抡右抡，越抡越高，一个男人乘势往下一蹲，麻包便稳稳地压在了男人的身上，漂亮。称得上精彩的是一个人完成的动作，把麻包竖起来，男人蹲下身子，抱住麻包，往上一使劲儿，麻包便竖在了肩上。这叫平地抠饼，也叫旱地拔葱，需要力大无穷，又要借用巧劲儿。

麻包必须是竖在肩上的，因为麻包是不封口的。最好看的是往高囤上倒粮食，从地面到囤口，铺着长长的跳板。男人扛着麻包走在颤颤悠悠的跳板上，节奏轻快，身段灵巧，一步一摇，一摇前进一步，步步登高。最高处便是囤口，身子往前一倾，麻包里的粮食便倒进囤里。这时候，男人扬起手来将空麻包往下一扔，像是大腕歌星从舞台上扔下来鲜花或衣物一般。紧接着，身子一弹，一个小翻儿从高高的粮食囤上翻滚下来，又轻轻落地站稳。可惜没有掌声，大家都在忙，没有人顾得上鼓掌叫好。但是，心仪的姑娘们却把这一幕深深地印在心里了。

女人说，就凭这一手，男人就该是整劳力，我们比不了。话又说回来了，能表演这一手的男人也不多。

把　式

把式原指武术的架势，亦指武艺，引申为行家老手，还指过去大户人家雇用的看家护院的打手。到了农村，专指有特殊技能的人，如种瓜的“瓜把式”，种花的“花把式”，广泛用于会赶大车的“车把式”。光说“把式”二字，大抵就是“赶车的人”。在我们童年的心目中，车把式不仅仅是一种技能，更是一种潇洒，一种酷，一种英雄气概。

小乡村是寂寞的，又在各个角落里潜藏着无时无刻的躁动，如同节妇的夜梦。然而，只要有车把式出现小乡村便会喧闹起来，首先听到的是嘚驾哦吁的吆喝声。每一个把式的吆喝声都是不一样的，都非常洪亮，非常有特色。我当时就觉得，把式的吆喝不是在指挥牲口，至少不全是。主要是叫给人听的，如同舞台上的叫板，叫出满堂彩的效果才皆大欢喜。

我们那个地方低洼易涝，积水成灾，到了雨季，村里村外的道路一片泥泞。而且，是黏土地，人踩进去拔不出脚来，车陷进去便崴住了。被泥泞崴住的多是装满了货物的大车，包着钢瓦的或轮胎的车轱辘深深地陷进泥泞里，车厢都托在了地上。于是，惊心动魄的一幕开始了：车把式跳上车，双腿叉开站在车辕上，一只手勒着缰绳，一只手挥动着长鞭，怒吼般地吆喝起来。长鞭上的红缨像闪电一样划过，噼里啪啦的爆响炸在牲口的耳边。拉长套的牲口低下头，四脚刨地，拼命地向前曳着，慌慌乱乱地打着响鼻儿；驾辕的牲口塌下腰身，前腿弯曲，后腿紧绷，头却高高地扬起来，猛士一般。如此五次三番，三番五次，人累惨了，马乏透了，大车纹丝不动，硬是陷在泥窝儿里出不来。

帮忙的人来了，都是前来看热闹的村民。须知崴在泥泞里的大车，多是外村外乡的，本村人知道路况，早早地便避开了。年轻力壮的男人们脱掉鞋袜，有的推车厢，有的搁车尾，有的趴下身子用肩膀扛着泥糊糊的车轱辘。场面更加热闹起来，车把式再鼓余勇，挥鞭吆喝；帮忙的喊着号子，齐心协力；驾辕拉套的骡马知道有人前来帮忙，也拼尽最后一丝气力，绷直了套股。如此再衰三竭，车依然深陷在泥泞里。没办法，只好卸车搬货了。行文至此，突然想到网上看到的新闻图片，运着几千斤小龙虾的汽车坏在公路上，附近居民一传十，十传百，纷纷跑来端着水桶脸盆蛇皮袋，一通狂抢。货车司机跪在地上苦苦哀求，百姓视而不见，直到一抢而光。类似的新闻常有，还有抢鱼的，抢土豆的，抢玉米的，抢水果的，甚至抢日用百货的。吾国吾民如此没底线的堕落，真乃史无前例。我们村的乡民完全不是这样，车上无论装载着什么东西，哪怕是馋得令人垂涎的美食，或者价格不菲的商品，他们绝对不会动半点儿杂念，都是一件一件小心翼翼地搬下来，在路边摆好，等车驶到安全的路段，再帮忙一件一件地装上车。现在，还找得到如此纯良可敬的村民吗？我为我的乡党而自豪。

当一名车把式，几乎是每一个农村孩童的梦想。实现这个梦想也不容易，除了会驾驭牲口，还需要熟练地掌握许多专门知识，如大车上的套股，给牲口上套的技巧，维修和使用大车上的部件，等等。更主要的是，队长会派你去学赶车吗？

机会是有的，第一步就是跟车，意同装卸工。这样便可以向车把式讨好、讨教。抓住这个机会，离梦想便不远了。

匠

从“打短儿的”到“把式”，都属于“劳动力”级别，虽然都需要相应的技术考核，但主要靠的是力气。凭力气干活儿，挣工分吃饭，是庄稼人谋生的宗旨。熬到“匠”这个级别，性质就变了。如同工厂里的工人，再高不过八级工。可是在工人的上面，还有技术员、助理工程师、工程师、总工程师，他们应该属于“知识阶层”了。

工程师一般是科班出身，受过高等教育，学的是专门知识。那么“匠”呢？也要讲传承、讲出身、讲门派。想当“把式”，只要有机会，能努力就行了，而“匠”是需要拜师父的。如同工程师需要读中专上大学一样。

农村最常见的是瓦匠和木匠，几乎每个村庄都有。各村都有的木匠及瓦匠主要是服务于本村的，盖房、垒墙、做家具、打棺材，等等。瓦匠木匠拜师学徒的，三年零一节，才能出师。

当学徒的规矩很大，我有一个朋友学过木匠，听他讲过。拜的还是本家的大伯，规矩还是一点儿都不能少的。逢年过节送礼不说，光是平日，就很磨炼人的。早晨，师父没起床就得到他家门口候着，等师父起来上茅房的时候，要进门先把尿盆端出来倒掉。然后，叠被子擦桌子扫院子，再担起水桶把院子里的水缸挑满了水。当然，他拜的师父也很牛，是闻名遐迩的名师。名师出高徒，名师的谱儿也大。平时跟着师父给人家做工，吃饭的时候，师父没动筷子，你不能端碗；师父撂下筷子，你就是没吃饱，也要立即把碗筷放下。这叫作眼力见儿，没有眼力见儿是学不了手艺的。就这样学了三年，师父还没有把关键的技术教给他，整天让他砍挑檐儿，无论多么歪七扭八的木头，都要用斧子砍得直直溜溜的，一点儿弯儿坎儿凸凹都不能有。要不就是锯方子，每根方子长短宽窄都必须一样，不能差分毫。

瓦匠也是这样，平时总说脏木匠干净瓦匠。木匠的身上可以沾满刨花锯末，地上可以横七竖八，且不管收拾。瓦匠做的是泥水活儿，身上不能沾泥点子。干完了活儿，墙上地上也要给人家打扫得干干净净。

手艺人有手艺人的规矩，现在这些规矩很难见到了，许多老手艺人提起来便唏嘘叹息，无奈。

庄稼人熬到“匠”的地位，便出类拔萃出人头地了。在农村，“匠”受到特别的尊重。有志向的年轻人不能上大学或参军，都想拜师学点儿手艺。除了瓦匠、木匠，还有铁匠，铁匠又分黑铁匠白铁匠，还有铜匠、篾匠。匠可以在本村做，出了名便可以走出去了，名气越大走得越远。

除了匠，走村串户的还有另一种手艺人，如锢漏锅的，锔盆锔碗的，修理雨旱伞的，弹棉花的，打竹帘子的，粘箩的……这些手艺人已经渐行渐远了，最后会消逝在无情的岁月中。当然，寂寞的小乡村还会出现一些小生意人，串学馆卖文具的，卖针头线脑的，挑八股绳卖零食的，换土布的，以及一些说书的、耍猴的、练拳脚的艺人。这些恐怕需要在另一篇文章里记述了。

此篇主要讲的是各种级别的庄稼人。

2016 年 5 月 27 日于紫荆园

女人和月亮

把女人和月亮联系在一起，我不是从书本上读到的，而是从母亲和家乡的姑嫂姐妹身上亲眼看到的。我觉得，把女人比喻成月亮是愚蠢的。她们和月亮之间有一种远祖遗传下来的亲缘，她们的先祖是月亮的精华孕育成形的，她们是月亮的一族。如果真的有一个女儿国的话，那么她们应该是以月亮为图腾的。

女人和月亮，是永恒的秘密。

拜　　月

在中华民族的传统节日里，中秋节算是个大节。可是在我童年的记忆中，中秋节寂寞得有如一个虚幻的梦。唯一印象深刻的就是等待，等待中秋节的晚上能分到两个梨和一块月饼。

梨和月饼是早就买好了的，放在柳条篮子里，高挂在屋梁上。梨的清香和月饼的油香溢满了整个房间，好些个早晨，不是被妈妈唤醒，而是在睡梦中被熏醒。醒后则仰卧在土炕上，眼巴巴地望着那诱人的柳条篮。没挨过饿的人，大概体会不到人对食物的渴求；没吃过“瓜菜代”的人，大概也很难理解馋的滋味。那种强烈的欲望大概只有染上毒瘾的人才会有同感。

白天巴望着柳条篮，如望梅止渴。到了晚上，则站在村头的高坡上，把脖子伸向东方遥远的地平线，等待着那姗姗来迟的月亮。月亮像营养不良的村姑，小脸蛋儿瘦成了一条儿。孩子们用巴望滋养着她，她的小脸蛋儿在一条儿一条儿地丰满着、圆润着，每天都有一个新的模样。终于，她像嫁娘般地成熟了，小脸蛋儿圆得像个馋人的月饼，却散发着梨一样的鲜嫩和清香。

孩子们急急从村头高坡上跑回家，奔向那屋梁上的柳条篮。月亮给平整洁净的小院漫上了一层水波，清幽幽地闪着银色的光。光波里，放着张小餐桌，桌面上供着柳条篮里的梨和月饼，整整齐齐放在四个果盘里。还有几棵点燃的草香，袅袅地在月光中弥漫着、融化着。小院静谧得如一张水粉画，我们贪婪的脚步停在了画框外面，注视着月光下的庄严。母亲在小桌前跪下了，冲着悬在天上的满月虔诚地拜着。这时候，篱笆上的小花默默开放着，张开了淡紫色的芳唇，也把那可怜的芳香吐在溶溶的月光里。

对神圣的畏惧是人类的本能，我们屏息等待着。母亲拜完了月亮，才能把梨和月饼从供桌上撤下来，分到我们的手里。整个村庄都一片肃穆，家家户户的小院里，女人们都在举行着这庄重的仪式。男不拜月，女不祭灶，月亮是女性之神，这仪式只属于母亲和姑嫂姐妹。月光下见不到男人的踪迹，男人到哪儿去了呢？孩子们的单纯使他们忽略了画框外面的世界。

我至今也不明白，女人为什么要拜月呢？中国人的顶礼膜拜向来都是有着极大的功利目的的，拜观音为了求子，拜财神为了生计，拜土地为了保平安，拜狐仙为了免灾病……那么，女人拜月祈求的是什么呢？

这是女性王国中永远固守的绝密。

救　月

那时候没有现今这样精确的日历，没有人把月食的日期和时间提前告之天下。但是，如同任何灾难都有其征兆一样，天狗的蠢蠢欲动首先惊觉了敏感的女性。事情还没有发生，街头巷尾便嘁嘁喳喳地传开了，像密谋着一场撼天动地的举事，紧张得连孩子都收敛了顽皮，乖得像善解人意的宠物。

天空上集中了天下所有女人的目光，星星知趣地隐退了。月亮越来越枯黄而暗淡，惊惧得瑟瑟战栗，连呼救的勇气都没有了。这恐惧也同样降临在女人的身上，她们像月亮一样束手待毙，悚然地呆望着月亮背后那天狗的魔影。

天狗张开了血盆大口，凶恶无比地扑上来，一口咬住了月亮的边缘，顾不得咀嚼，贪婪地往肚子里生吞着。街头上的女人无声地惊叫着，心尖儿上忍受着月亮的剧痛。女人的世界里一片沉寂，似乎有谁大声喘一口气，都有可能激怒了天狗。天狗是不能惊动的，它发起疯来会用那无比锋利的牙齿把月亮咬碎。只有默默地忍受着，等待着天狗把月亮全部吞进肚子里，再采取营救措施。

灾难总是和黑暗联系在一起，随着月亮慢慢地被吞食，天地渐渐地暗下来。星星在月亮的周围睁大了惊恐的眼睛，如同阴影里的女人密切的注视。

最后一丝光亮消逝了，天狗的魔影笼罩了整个天地。这是举事的信号，村子里立即一片喧嚣。接到了命令的女人们迅速地跑出来，拼命敲打着手中的武器：铜盆、铜盘、铁铲、锄镐……当然也有锣鼓钹镲，凡是能发出声音的物件都响了起来。从家家户户的小院到满街满巷，从一个小村到庄庄镇镇，敲击声响彻寰宇。她们坚信，只要不停地敲下去，这响声就会搅动天狗的肠胃，吞下去的月亮就会完整地从天狗的肛门排泄出来。

她们抢救的不是某一个人的生命，而是女性之神，是整个月亮王国。她们被神圣的使命感驱使着，谁也不敢怠慢，全身心地投入，忘我地拼搏着。终于，在巨大的魔影下，露出了一丝光亮。天狗在无可奈何地屙着月亮。

与其说天狗是在屙着月亮，倒不如说天狗分娩更准确些。月亮从天狗那破水的子宫里露出了头，天狗痛苦万端地抽搐着。天下的女人们像尽心尽力的助产婆，一面给天狗加油鼓劲，一面兴奋地迎接着新生命的降临。敲击声越发激越响亮，轰鸣一片。天地间豁然一亮，一轮满月脱颖而出。天狗不再是恶魔，而是像有功的产妇一样被安置在眠床上歇息了。

月亮犹如获得了一次新生，更加明亮鲜活，更加光彩照人。天下的女人偃旗息鼓，笑逐颜开，也像她们的女神一样获得了一次新的生命。

月亮经受了孕育，获得了新生；女人经过孕育，获得生命。孕育是一种苦难，生命来自苦难。在这种天赋的苦难中，没有谁能够替代她们，她们只能自己救自己。

是苦难把女人和月亮联系在一起，是自救把女人和月亮融为一族。

赏　月

赏月不是女人的专利。相反，她们和月亮一样，往往成了被欣赏者。上帝在赋予她们苦难的同时，也赋予了她们美丽和魅力。美丽和魅力也同生命一样来自苦难，因之，具有魅力的生命是美丽的。

然而在赏月中，最能够悟出个中滋味的，不是男人的目光，也不是骚客游子的笔墨，而是母亲。

母亲的赏月是在收获季节。秋高气爽，满月当空，母亲仰卧在洁白的苇席上，在清泉般的月光里沐浴着。头顶上，高高的谷垛散发着诱人的香甜，使母亲飘然欲醉；嘁喳在她身边的，则是她的可爱的儿女。这时候，她把自己的全部情感和骄傲，都抒发在那溶溶的月光里。只有月光，才能把她的爱与博大包容起来。谷垛是她的收获，是她的汗水和泥土的结晶；孩子是她的收获，是她的爱与月光的结晶；月光也是她的收获，是她的尊严与美丽的结晶。

有一支不朽的旋律，是由孩子们唱出来的："月亮在白莲花般的云朵里穿行，晚风吹来一阵阵快乐的歌声，我们坐在高高的谷堆旁边，听妈妈讲那过去的事情……"

妈妈给孩子讲些什么不是主要的，她拥有了孩子，拥有了谷垛，拥有了月光，这就足够了。她完成了一个女人孕育生命的天职，也肩负起了一个母亲养育生命的责任。母亲赏月，绝不会有乡愁，绝不会有伤别，绝不会有醉卧杨柳岸的沉迷，也绝不会有"高处不胜寒"的忧虑。面对着高悬在天庭上的满月，她发现了自己，读懂了自己，也实现了自己。

而把一片纯情唱给母亲的孩子们，透过与他们一样纯洁的月光，是否能读懂母亲呢？不能够读懂母亲，怎么能读懂女人呢？不能够读懂女人，怎么能叫作赏月呢？

1996 年 12 月 5 日于桑梓轩

第 三 辑

蝉　蜕

正是少不更事的年龄，农家子弟却较早体味到了生活的艰辛，连玩儿也讲究经济效益。因此，我们到林子里去采集蝉蜕，就不仅仅是一件童趣乐事了。每两只蝉蜕可卖一分钱，转悠一天，课堂上必不可少的铅笔橡皮便有了着落。奢侈一点儿，还可以买两条胶皮做弹弓用。

望着掌心里的蝉蜕，听着枝头上那不知疲倦的蝉鸣，我们往往陷入一个巨大的谜团之中：那个天才歌唱家是怎样从这硬壳里蜕变出来的？孩提时代获取的一切知识，几乎都是始于好奇心。于是，我们几个伙伴约好，一定要探个究竟。

听大人们说，蝉是在夜间脱壳的。我们的行动也只好定在夜间，没有手电筒，便提着纸灯笼。正是初夏季节，夜气很凉，浓浓露水打在脸上和赤裸的胳膊上，冻得瑟瑟发抖。我们蜷缩在粗大的树干下，依偎在一起，相互用身体取暖。瞌睡又像寒夜般地笼罩过来，我们只好轮流值班打更。

似乎熬过了一个漫长漫长的冬天，一声惊喜的呼叫驱散了睡魔，也驱散了寒凉。我们几个秃脑瓢儿挤在一起，心却怦怦地跳起来。

从树根下那浮土蓬松的洞口，钻出来几只大马。大马是蝉的幼虫，长得有点儿像屎壳郎。也许是身上那层硬壳的缘故，它们的行动笨拙且迟缓，拖着那孕妇般的身躯，顺着树干往上爬去。这无疑是一次艰难的攀登，大马移动着那几只僵硬而纤细的腿脚，一步一顿，颤颤悠悠，那肥硕的身躯随时都有坠落下来的危险。然而，它们却一步不停，有如朝圣者跋涉在那漫长的圣途上，坚忍执着，义无反顾。我们的手脚麻木了，眼睛瞪酸了，那像是被天狗咬了一口的冷月也从我们的头顶上爬到了西边的树梢上。一只大马在树杈上停了下来，慢慢地，其他几只大马也都似乎找到自己的涅槃处，停止了那艰难的攀登。

那肥硕的身躯开始蠕动起来，随着蠕动，那几只坚硬而纤细的脚死死地插进了树干里。不知又过了多久，蠕动变成了抽搐。抽搐中，大马的后背上绽开了一道裂纹。裂纹越张越大，露出了一个鲜嫩的、粉红色的、胎儿般的躯体。这个躯体虽然显得弱小娇嫩，但却充满了活力，它在那层厚厚的硬壳里不停地扭动着、挣扎着。那剧烈的疼痛似乎也传到了我们的身上，我们每一根神经都紧绷起来，连大气都不敢出。终于，一个赤条条的躯体挣脱出来：湿润润的身子，露珠般的眼睛，柔软而透明的翅膀。

这个新生的躯体我们不再叫它大马，而是叫它“知了”。它毕竟是一个新的生命，毫不吝惜地离开废弃的躯壳，顺着树干向上爬去，很勇猛，很急切，似乎在向着一个新的境界冲刺……

几十年来，这个激动人心的情景一直深深地留在我的记忆里，并且时时让我有所迷惘又有所顿悟。“蝉蜕于浊秽，以浮游尘埃之外”，说的是一种解脱。解脱是痛苦的，但是经过痛苦的解脱之后，是否能获得新生？

1992 年 6 月于通州

生命的黄金白银

——天食录之一

天食者，天赐之食也。民以食为天，食以粮为先。余生自苦寒卑贱之农家，幼及少壮时又遇上举国罕见之大饥馑，因之深谙粮食乃生命之根本，亦深知农夫“土里刨食”“面朝黄土背朝天”“一滴汗落地摔八瓣儿”之苦状。常有人问余，是否少年时便怀揣作家之梦，余惨然答道：少年时日扰于思、夜缠于梦的乃是能吃上不掺糠菜的窝窝儿头。

生者父母，养者天食。人无酬天之力，天有养人之功。父母之恩念念于怀，天食之功草草于录，故名之曰“天食录”。

说到玉米，首先想到的是窝窝儿头。我们这一代人，特别是农家子弟，几乎都是吃窝窝儿头长大的。窝窝儿头也不是天天能吃到，纯粹用玉米面蒸的窝窝儿头更是珍稀之佳肴。我们响应领袖的号召，“忙时吃干，闲时吃稀……杂以番薯、青菜、萝卜、瓜豆、芋头之类”。“杂以”窝窝儿头里面的其实还有许多，仅仅是我吃过的就有野菜、树叶、草籽、粉渣、豆腐渣、棉籽饼……

窝窝儿头是玉米制作的，至少应该是玉米制作的。玉米按颜色分为两种，黄的如金，白的如银，堪称生命的黄金白银。

一

玉米原产地在南美，明朝末年才传入我国。据说现在玉米的品种有几百种，我小时候只知道两种，黄玉米是金皇后，白玉米是八趟白。

在我们孩提的心目中，玉米的播种是很神圣、很隆重的，甚至能让人联想到先农坛里皇帝的圣驾躬耕。

播种玉米是在春天，土地是去年秋天就耕犁好了的。耕地用的是犁，犁与耠是有区别的。犁地的土是向一边翻的，向左翻，一块一块湿润肥沃的土翻过来，一垄一垄整整齐齐排列着，在金色的阳光下，涌动着黑色的波浪。翻过来的土块叫垡，晾垡晒垡，说的是土块要经过一冬的风吹日晒。晾晒过的垡更加肥沃，也更松软，还能晒死病毒和害虫。翻出的垡大小如冬瓜，坚硬如石铁。这种又大又硬的土块叫坷垃，经过一冬的晾晒和积雪的浸润，松酥了许多。由于我们村大部分是黏土地，坷垃依然是十分坚固的。这就增添了一种活茬儿：砸坷垃。砸坷垃用的是木榔头，一块大坷垃，需要砸两三下。坷垃被砸碎以后，土地依然是坑洼不平的，需要用铁耙盖整。铁耙上有铁制的耙齿，长五尺，宽三尺，用牲口拉着。耙地的人站在铁耙上，一手拉着缰绳，一手挥舞着长鞭，并且扯开嗓子吆喝着。为了寻求平衡，把式的身子挺得很直，又要随着铁耙不断地晃动着。像风浪中驾驶着舟楫，像杂技表演中走钢丝。身姿优美，气势潇洒，“耙头船共隐，斜立叱牛行”。

惊蛰一犁土，春分地气通，清明前后，乍暖还寒的华北大地上，到处铺展着鲜活灵动的春播图。掌控着耠把摇着鞭子的是个中年人，前面牛头或马面旁边，还有一个牵着缰绳的少年，谓之拉墒。跟在耠子后面的撒种的，左臂挎一个落斗，装着玉米种子，右臂前后晃动着，把种子点在垄沟里。一步三棵苗儿，一棵苗儿需要两粒到三粒种子。步伐大小，点播数量和距离，都要非常均匀。这是个技术活儿，庄稼人把技术人才称作把式，如会赶车的车把式，会种瓜的瓜把式，会提粮下种筛簸扬拿的统称为庄稼把式。好的庄稼把式撒种点播手之舞之足之蹈之，如临场献艺。紧跟在庄稼把式后面的则又是一壮汉，提着粪箕子把细如沙面的粪肥撒盖在种子上面，粪是提前拉到地里来的，粪箕子很阔大，一箕子粪总有四五十斤，是个力气活儿，当然也需要技术。后面又是少年，牵着一头毛驴，毛驴后面拉着一块弓形的钢瓦，将垄沟两边的土归拢入沟，将种子和粪肥覆盖上，钢瓦后面一个卵形的小砘子，随即将浮土轧实。

阳光是透明的，流动的空气在透明的阳光下折射出一层一层的光波，一幅幅春播图在流动的光波下晃动着，变了形态。远者呼，近者应，而或吼号，而或高歌，鼓噪喧哗，生机勃勃，可谓在希望的田野上，其乐融融。

二

玉米的青春期应该在麦收之前，小麦收割之后，它们便主宰了整个世界。高高地举起了旗帜般的性器，在热风中恣意地交媾。很快，它们的腹部便孕育出了骄傲的胎儿，有的一个，有的两个。胎儿包裹在苍翠的胎衣里，胎毛却提早展露在生命的出口。

许多作物是成熟后乃至经过加工后才可以食用，玉米则不然。它刚刚灌浆成形便散发出一股浓郁的清香，撕开玉米棒的外皮，珍珠般的玉米粒便会爆裂出甜甜的浓浆。这对辘辘饥肠是一种难以抗拒的诱惑，而对人们的理智又是极大的考验。中国的农民仿佛从来就没有吃饱过肚子。饥饿的渴望恨不得将那鲜嫩的颗粒生吞下去，可是理智又告诉他们，这是一种罪恶，任何对幼小生命的戕害都是一种罪恶。最后，人们吞咽着口水，勒紧了腰带，硬是缩回了罪恶的双手。

索取需要等待，凶残的虎豹都知道不猎杀幼崽儿。若要生存，便不能自绝生路，这是造物主赋予它们的生命本能。等待是需要耐性的，有时候这种抗拒饥饿的耐性无异于忍受刑具。终于到了忍无可忍的时候了，玉米的颗粒已经灌满了浆，表皮渐渐硬化，外面的苞皮也呈现出了苍色。

可以下手了，谁是罪恶的首犯，往往是夜里值班的壮汉。这其中包括：夜班为水稻浇水的，夜间中耕灭荒的，还有看青守夜的。他们有合法的身份，有作案的条件，还有作案的高明手段。尽管如此，这也叫作偷，偷青玉米，我们叫偷青棒子。盗亦有道，不能偷本村的，最好到邻村去偷。如果邻村的不能偷，最好不要偷本生产队的。偷也不能明目张胆，不能成片地偷，隔几行几垄掰一个，从苞谷皮里面掰，掰出了棒子再把苞皮包上，伪装成形，不易被发现。

青玉米可以煮着吃。野外无锅灶，就烧着吃。捡一堆干柴，架起来烧烤，还没有烧熟香味儿便弥散开来。如果把青玉米拿回家，又舍不得费柴火，直接塞到灶膛里，热灰也能把它烤熟，只是味道儿差一点儿。

三

玉米是北方主要的农作物，成片成片地种植，统治了大部分肥田沃土。玉米的收获是非常壮观的，满天下都是苍黄的玉米，人欢马叫，到处都是收玉米的人。由于玉米收割完后，田里还要抢种小麦，所以叫作抢收。抢收是一场战斗，全力以赴争分夺秒。我们那个年代的领导者都是从战场上退下来的，对战争的迷恋让他们把一切社会生活都幻想成战争，把面对的一切都当作敌人。收割玉米，玉米就是敌人，积极劳作的是勇士，偷懒耍奸的是逃兵。为了把田间布置成战场，田头上要插满红旗，劳动中要喊口号，收工后还要唱歌。还有评比，还有戴红花，还有拔白旗，还有……

冲锋在前的居然是妇女，那年月田间的主要战斗力是妇女。男人显得稀缺，主要是分布在了一些专业技术的战线上，譬如赶车，譬如瓦工木工电工拖拉机手。还有政治上的专职，譬如搞联防的民兵、看青的差役、专制组的壮汉，等等。战场上需要妇女，领导重视妇女，称她们是半边天。她们自己则说，甭给俺戴高帽，不就是拿老娘儿们当驴使吗？

妇女们背着筐，把玉米秆上的棒子掰下来，倒成一堆，男人们则赶着大车把玉米棒子拉回生产队的场院。然后，妇女们又把背筐换成镰刀，把玉米秆割下来，一抱为一攒，捆好，摆放在田头上。

这是白天的工作，晚上妇女们也不能闲着，集中在场院里剥玉米棒子。

这是相对轻松的活计，把玉米棒子外皮剥下来，光溜溜的棒子放在一边，潮乎乎的棒子皮放在一边。妇女们围坐在如山的玉米棒子周围，熟练地剥着玉米。月光如水，秋凉宜人，女人们难得有如此舒心惬意的时候，手里翻飞着银锭白云，嘴里暴露着八卦与流言。谁家的汉子把小姨子的肚子搞大了，谁家的媳妇钻进了公公的被窝儿，谁家的丈母娘让女婿给她搓脊梁，谁家的姑娘嫁了人第二天被退回来了。如此云云，说的都是外乡外地的事，查无实据，也无处可查。

剥好的玉米是要储存起来的。场院里建起了长长的储存器，矩形的，四角和中间用的是木桩，周围是用秫秸纵横夹起来的。

从底层开始，随着玉米棒子越填越多，不断地增加高度。我们称此器为棒子箍杆儿，不知道别处叫什么。棒子箍杆儿的好处是通风，刚收下来的玉米放在里面，里面的水分很快就会蒸发出来的。

有些地方将玉米棒子扎在一起挂在屋檐下，多是选出来做种子用的。

玉米棒子在棒子箍杆儿里面存放一段时间之后，便到了深秋初冬季节。地里的庄稼收割完了，小麦开始过冬了，所谓的农闲季节到了。

妇女们却闲不下来，很重要的活计是攒棒子，就是把玉米棒子上的玉米粒搓下来。

场院里又摆满了圆圆的大笸箩，每个笸箩旁边坐三五个女人。攒棒子有两种工具，一个叫锥子，一个叫擦床。

锥子是一个弯形的钢针，粗如小拇指，一端镶有木把，一端是锐利的锥尖儿。妇女们一手拿着棒子，一手用锥子对准两行玉米粒的间隙锥下去。玉米粒便脱落下来，不是所有的玉米粒都需要用锥子，隔一行锥一行，剩下的用手一搓玉米粒就很容易掉下来了。

擦床的构造有点儿复杂，一块长方形的木块，中间有一孔，孔下有一个钢造的齿牙。妇女们一手扶着擦床，一手将一个玉米棒子对着齿牙捶落下去，玉米粒便从孔的另一端跳出来，也不必行行玉米都用擦床，亦是隔一行擦一行。

工具不同，效率也不同，相同的是妇女们剥落出来的八卦与流言。

四

玉米对于农民的意义，不仅仅是解决锅上面的问题，还要解决锅下面的问题。就是说，有了粮食，还要把粮食加工成食物。如何加工，当然靠锅灶下面的柴。农民讲的柴火，主要指的是玉米的秸秆，我们叫作棒子秧。母亲吩咐孩子，从外面抱点儿柴火进来，孩子抱进来的肯定是棒子秧，尽管外面还有树枝、树叶、劈柴等等入灶可烧的东西。

棒子秧是做饭用的主要燃料，尤为珍贵。田里的棒子秧收割完毕，生产队是按照工分或户口分给各家各户的。分的时候就在田里，一家一堆，自己想办法弄回家去。这是个很重要的活茬儿，不能占用劳动时间，收工以后，便全家出动，或肩扛，或筐背，但多数都用独轮车。当年我陪同浩然到乡下体验生活，干的第一件事情就是帮助房东大嫂到田里推棒子秧。

秋收过后，家家户户的大门外都摆满了棒子秧。整整齐齐地堆放在自家的门口，尽管两家是近邻，棒子秧都紧挨在一起，烧火时也不会抱错。当然，若是当官的将某个有血性的人得罪苦了，在风高夜黑的时候，他家的棒子秧会被点着。这便是很严重的报复了，抓住了会按纵火犯惩处。

20 世纪七八十年代，我们到某些县城，还能看到有些家门外摆放着棒子秧。于是断定，这个城里还有不少属于农户。

棒子秧是玉米秸秆的主要部分，在收割的时候，秸秆割下来之后，下面还有了一截儿。有的留得高，大约到膝盖；有的留得低，差不多接近了地皮。留得高的叫茬（zhà）子，留得低的叫茬头儿。茬子是要进行第二次收割的，用小镐连根带茬儿一起刨出来，我们叫钊。钊茬子，很重的活儿，只有男劳力才能干。留在地里的茬头儿就不用了，耕地的时候直接翻到了地里。于是孩子们便有了一个重要的劳作：捡茬头儿。捡茬头儿用的是二齿挠儿，小镐大小，头上装着两个钢齿。到了地里，用二齿挠儿将埋在土里的茬头儿刨出来，很好的柴火，经烧。

可以做柴火的还有棒子皮，烧出来的是小火文火，比如摊煎饼炸咯吱之类的精美食品。但是，棒子皮还有经济价值，把它里面的细皮挑出来，编成辫儿状，可以做成小篓儿，装鸡蛋杂物之类的，很实用。还有玉米须，一种药材，有利尿、消肿、清肝、利胆的功效。夏天的时候，用玉米须编成火绳，既可驱蚊，又能给抽烟的人提供火源。

庄稼人把玉米利用到了极致，一点儿糟蹋都没有。生活的艰辛开启了无穷的智慧，逼出来的活路。

五

除了玉米粒，玉米最有价值的部分应该是玉米骨头，也叫玉米芯。

农民对玉米芯的收藏也是非常在意的，像储存玉米棒子一样储存在簏杆儿里。

玉米芯是很难得的燃料，经烧。特别是冬天，农民靠土炕取暖，灶膛里若是塞满了玉米芯，小火慢燃，能烧到第二天早上，屋子里整夜都是暖烘烘的。

玉米芯是没有食用价值的，可是在三年大饥馑时期，人们饿红了眼，便打起了玉米芯的主意。人们在饥饿的时候是最有想象力和创造力的，上级推广不知道哪里的经验，对玉米芯进行反复加工，敲碎，上碾子轧，用磨粉碎，出来的是麻疹一样疙疙瘩瘩的碎屑。碎屑掺上高粱面红薯面，烧粥，不烂，就加火煎熬，还是不烂，吃起来垫牙。最后，反正是吃进去了，能入口的就是好东西，管它有没有营养，总比让肠子空着舒服些。

大饥馑过去之后，玉米芯突然有了一种新的用途，制造糠醛。糠醛是一种用途广泛的化工产品，农民把玉米芯交给糠醛厂，糠醛厂除了付费外，还给糠醛渣的票，凭票可以拉一车糠醛渣。糠醛渣亦是很好的燃料，只是需要加水把它搅成糊糊，拍成饼子，再晒干后才可以烧。

我常常在想，既然玉米芯可以制成糠醛，糠醛又是一种化工产品，那么就说明玉米芯还是有些很好的成分的。这很好的成分说不定就是营养，当年大饥馑的时候吃玉米芯，还是有道理的。如此，玉米芯是救过农民的命的。

2015 年 6 月 7 日于紫荆园

田野又是青纱帐

——天食录之二

一

许多司空见惯的事物其实是很神奇的。几天前，田野上还是光秃秃、赤裸裸的，凹凸不平恬不知耻地袒露在蓝天白云下面。蓦然间，春雨随风入夜，润物无声却有色，阳光下的田野变成了一片葱绿。紧接着，万千生命欢呼雀跃，所有的作物都人来疯似的生长起来。于是乎，广袤无垠的华北大地上，呼啦啦便冒出铺天盖地的青纱帐。

大地被绿色的生命伪装起来。不知道为什么，人们苦苦追寻真实，却时常喜欢伪装。伪装掩盖着真实，却又丰富着真实。伪装的真实极大地刺激着人们的欲望，绿色的田野中演绎着无穷尽的秘密。

青纱帐是陆地的海洋，是平原的森林。海洋是探险家的世界，森林是狩猎者的乐园。

青纱帐是我们读书之后才知道的词，当时我们叫作高粱地。许多民歌民谣和故事都与高粱地有关，而这些民歌民谣和故事又大多与性有关。高粱地成了性的象征，直到如今，农村依然将那些黄色段子称之为高粱地的故事。

青年男女携手钻进了高粱地，高粱地便是八卦绯闻的发源地；偷情男女一先一后钻进了高粱地，高粱地便成了藏污纳垢的渊薮。高粱蒸发着或缠绵凄美或悲壮惨烈的爱情，也掩藏着或情缘未了或伤风败俗的交媾。

除了诱人的性，还有骇人的恐惧。

传说最多的是日本鬼子扫荡时的“跑反”和绑票劫道的土匪。我们这大半辈子，没有赶上战争是大幸中的大幸。前些天钓鱼岛危机的时候，微博、微信上争传着“热血傻×”的帖子，“跪求政府向某国宣战”。我真想告诉他们，甲午海战就是这么一批混账煽动起来的，包括日本的混账和大清朝的混账。无论出于什么目的，任何煽动战争的言行都是罪恶。战争中最先死的是无辜的士兵，最倒霉的是无助的百姓。当年日本鬼子来了，百姓只有本能地奔逃。往哪儿逃，没有地道，没有山林，只有无边无际的青纱帐。百姓在前面跑，鬼子在后面追，头顶耳际飞着蝗虫般的子弹。一个妇女抱着吃奶的孩子，跑着跑着，发现孩子的脑袋不见了。鬼子追了上来，她扔掉孩子继续奔逃……这是我幼年时听到的最真实最惊悚的故事。

幸亏有青纱帐。

二

据说，高粱有几百个品种，我小时候只知道三种：白高粱、红高粱、黏高粱。白高粱又叫大高粱，因其高大挺拔，有四五米之高；红高粱又叫牛腿高粱，因其矮小，只有牛腿一般高。

我对白高粱和青纱帐的神秘感来自于一种少见的活计。三四岁的时候，早上起来发现炕上的被子空了，父母亲都不见了。我起来问祖父，祖父说他们擗叶子去了。什么叫擗叶子呢？因为父母是夜里“失踪”的，我判断叶子就是黑夜，黑夜怎么擗？恐惧让我心中战栗。后来父母回来了，身上的衣服都湿透了，肩上则扛着大捆的发蔫的高粱叶。过了许久我才明白，高粱长高之后，叶子密不透风，需要把一些叶子擗下来，让高粱地透透气。

父母亲擗回来的那些高粱叶，爷爷派上了用场。他把叶子晒得半干，再一条条地理顺，蹲在门槛前编织起来。很快，一个圆圆的小蒲墩编好了，坐在上面既潮润又凉爽，还散发着淡淡的清香。

我对红高粱的憎恨也来自我童年的经历。在我三岁的时候，我们的大家庭维持不下去了，祖父主持分了家。分到我们这个小家名下的只有三间厢房、一石二斗棒子和一捧盐。这一石二斗棒子，还了八斗的医药费（我闹痢疾时欠下的），还有四斗。为了维持生计，父亲把四斗棒子卖了，凑了个小本钱做起了小买卖。无非是挑着“八股绳”卖些针头儿线脑儿蚕豆糖球儿之类的，能赚几个钱呢？赚在手里的那几个钱买不起粮食，只好买些高粱面和高粱米糠来充饥。高粱面和高粱米糠掺在一起，蒸成窝窝儿头，又硬又涩，极难入口。吃的时候难，屙的时候更难。吃的是泪水，屙的是血水，常常疼得鬼哭狼嚎。后来到了三年大饥馑时期，我们又与高粱相遇了。村里的食堂艰难地维持着，早上是高粱面的稀粥，中午是高粱面的小窝头儿，晚上则干饿着。稀粥每人一碗，窝头儿比核桃大不了多少，每人两个。这些东西几乎是被饥肠里伸出的爪子抓进去的，根本感觉不到难吃，只是觉得少，越吃越饿。

我说的高粱面和高粱米糠，指的是红高粱。红高粱既耐涝又耐旱，抗倒伏，产量也高，庄稼人都喜欢种一些。早先种红高粱，主要是适宜薄碱沙洼等劣质的土地，种出来的高粱也主要用作猪和牲畜的饲料。自从大饥馑时期红高粱被纳入人的主食之后，各地纷纷推广起了红高粱。开始的时候为了防灾备粮，后来上面号召建设“大寨县”，创造所谓的“吨粮田”，搞“全县山河一片红”，红高粱便大张旗鼓地种植起来。红高粱高产彰显了官员的政绩，却害苦了农民。须知官员吃饭国家发粮票，有米有面有粗有细，而农民则种什么吃什么。

由此，我对红高粱的痛恨便可想而知了。及至壮年，我像大多数男人一样喝起了酒，深知几乎所有的好酒都是红高粱酿造的。我有些愧疚，与红高粱也就“举杯一笑泯恩仇”了。

三

白高粱另当别论。

白高粱很珍贵，也用作煮粥做米饭。粥可以熬得很黏稠，香喷喷甜丝丝的，遍及大江南北的“腊八粥”，其主要原料就是白高粱米。白高粱蒸出的米饭，珠圆玉润，有嚼头儿，耐品味，比大米饭、小米饭都受欢迎。白高粱磨出的面，可以蒸窝头、蒸丝糕，还可以做成精细可口的“灌盛”，添加上香油酱油蒜汁等调料，是独具特色的小吃。

白高粱如此美味，为什么不多种点儿呢？因为它的产量太低，对土壤的要求又太高。既然如此，为什么还非要种白高粱不可呢？因为它有特殊的用处。

对于农民来说，排在第一位的当然是吃饭。而排在第二位的，不是穿衣，而是住房。

盖房需要砖和木料，砖可以砌墙，木料可以架梁。有墙有梁还不能算作房，还要把上面的屋顶苫盖起来，把门窗装修起来。

在农村，房屋大体上分为砖瓦房和土坯房。砖瓦房比较讲究，除了四面墙壁和砖砌垒的，屋顶上还要镶上瓦。在屋梁与瓦顶之间，也要有苫盖，通常用的是芦苇。芦苇打成薄，铺盖在椽子上面，苇薄上再抹上泥灰，泥灰上铺瓦。瓦上面起脊出檐，五脊六兽，重檐歇山，这才称得上是标准的砖瓦房。

砖瓦房只有大户人家才盖得起，大户人家也要积累几辈子的财富，才能兴建起称得上宅院的房子。

大多数农家住的都是土坯房，土坯房基本上是由土坯搭建起来的，略讲究一点儿的有少量的砖，如十三层下碱、齐盘芯、里生外熟等等。土坯房用的木料也很少，有的有柁无柱，有的有檩无柁，无柱无柁的直接将檩条放在土坯垒起的墙上，称之为硬山搁。这种硬山搁的土坯房不但无柁无柱，而且连椽子也没有。檩条儿上直接铺的是秫秸，厚厚的秫秸搭在前面的土檐上，有的连瓦片都没有。屋顶的秫秸上面抹的是泥，先是花秸泥，再是麦芋泥，土层很厚。每年，屋顶上都会长满野花、野草、野菜之类的，很接地气。

这种房子需要用许多秫秸，也被称作秫秸房。秫秸房成本低、省钱，可是太危险，雨水一泡就塌，伤人死人的事情是经常发生的。好在农民命贱，伤了凑合活着，死了再托生。秫秸房即使不坍塌，也容易腐烂，每隔几年就要换屋顶。如此，秫秸的消耗是很大的，这便是庄稼人种白高粱的重要理由。

四

秫秸不仅仅是盖房，它的每一部分都会得到充分的利用。秫秸的最上面一节很细很长，白润如象牙，农民称之为箭秆儿。冬日闲暇下来，家家户户炕头上支起饭桌，农民用麻绳把箭秆儿钉串起来：大大小小的锅盖、缸盖、盖帘儿，带有木架的屏屉，弯如船形的饽饽笺儿。这些东西既是非常实用的生活物件，又是非常精美的艺术品。

高粱穗儿结在头顶上的，像高举的火炬。而举起火炬的那部分叫作高粱莛儿，高粱莛儿又柔又坚，有弹性，是制造帚具的重要材料。制造帚具需要一种工具，叫作笤帚蹬子，差不多家家都有。蹬子的一端是皮带，缠在腰上；另一端是两个铁环儿或皮套儿，蹬在双脚上的。这是男人的活计，将制造帚具的高粱莛儿和勒绑用的麻绳泡软，理顺，用蹬子中间的牛皮筋绕起来。然后，双脚往前蹬，腰往后挺，高粱莛儿便勒出深深的一道沟儿，用麻绳顺势把沟绑扎起来。一把笤帚大小不等，绑扎的麻绳密度和数量也不尽相同，要绑扎十几道。绑扎好之后，将笤帚前面裁齐，将帚把削圆。白高粱的莛儿长，用作扫地笤帚；红高粱的莛儿短，多用作刷锅用的炊帚。而扫炕用的笤帚，用的则是黍类的莛儿。当然，还有扫院子用的扫帚，那是用竹条儿和另外一种叫作“小扫帚”的灌木绑制的。

笤帚有着非常古老的历史，什么东西年代久远了就会成精。何况，笤帚炊帚就放在屋子里，与人类须臾不离，久而久之，就自然会带有一种灵性。笤帚，特别是扫炕笤帚，还有一种特殊的用途，就是打孩子。一是顺手，二是坚硬，能把屁股打得皮开肉绽。农家的孩子，几乎没有没尝过这种刑具的。上面沾着孩子们的血肉和记忆，是伴随孩子成长的标识。如此说来，笤帚是何等的庄重珍贵。有“敝帚自珍”一词，后来被演绎了。庄户人家原本如此，用坏用损秃了莛儿的笤帚被称作笤帚疙瘩。笤帚疙瘩是不能随便扔掉的，一定要放在灶膛里烧掉，让它的魂灵得到安息。有传说，笤帚疙瘩抹上鸡血，扔在屋顶上，吸收了日月光华之后，便会飞升成仙。后来看《哈利波特》的小说和电影，哈利波特骑着扫帚满天翱飞，是颇有缘由的。

2015年6月15日于紫荆园

麦田守望者

——天食录之三

一

小麦是庄稼中的贵族，用它磨出来的面粉，算是细粮，其他统统算作粗粮。在北方，精细的大米勉强可以跟面粉一起被视为细粮，也仅仅是勉强而已。在共和国长达三十年的粮食定量中，每个月发的粮票，分为三种：面票、粮票、米票。面票占的比例不超过三分之一。只有面票能够买馒头、面条儿，粮票只能买窝窝儿头。

由于它有着尊贵的血统，农民视它为公子公主大少爷，小心伺候精心呵护，不敢有丝毫的马虎。

首先在播种上它就占了先，别的庄稼都是春播，清明前后，种瓜点豆；而小麦却是秋播，白露早，寒露迟，秋分麦子正当时。秋风萧瑟，大地苍茫，万物凋零。在耀眼的阳光下，土地又被翻了过来，黑黝黝的土地重新耙平整细，播下了像阳光一样暖洋洋的小麦。当田野蜕尽繁华呈现出一片凄凉的时候，突然间又翻腾起了碧波荡漾的海洋。这便是小麦。

小麦要与人们一起熬过冷酷的冬天，人们心疼它，给它施最好的肥料，还要给它灌足了水。

寒潮伴随着暴风雪如约而来，苦寒世界，充满了迫害的恐怖。识时务的候鸟飞走了，投机的寒鸦战战兢兢地觅食，胸无大志的麻雀躲进了屋檐下，空着半挂肠子的农民则缩进了被窝儿。而小麦呢，却毫无选择地挣扎在冰雪之中。文人们不厌其烦地歌颂松柏、歌颂苦竹、歌颂梅花，就因为它们敢斗严寒，须知反抗严寒的主战场却是在实实在在的麦田里。与小麦比较起来，松柏苦竹梅花，充其量就是“地雷战”“地道战”。

小麦在战斗中疲惫了，身姿委顿了，紧紧地抱在一起匍匐在地皮上，它的根须却深深地扎进了冰冷的土地里。冰雪铺天盖地，把麦田严严实实地侵占了。小麦在沦陷的土地上默默地祷告着，它尊重造物主的旨谕，保存着实力，积蓄着能力，咬紧牙关迎接着生命的春天。

农民并没有忘记冰雪中顽强抗争的小麦，有抗争就有希望，那是生命的希望。大年三十，诸神下界，大地上点燃了星星点点的灯光，这是向上苍祈福纳祥的庄严时刻。父辈对子侄们说，提着灯笼到麦田里去，把灯笼放在田头，再走到麦田的另一头，顺着垄沟望去，可以看到麦浪滚滚，那是丰年的象征；亦可看到人头满地，那是灾年的恶兆。

都想去试一试，每年都跃跃欲试，终究缺少了勇气。

麦田，苦了你了，我只好远远地守望。

二

海一样的麦田对我们这些贫饥的少年有着特殊的诱惑，春阳融融，棉袄里的虱子爬到脖颈上，到了“蜕毛”的时候了。没有秋衣毛衣，棉裤棉袄里面就是光溜溜的身子，名曰“硬山搁”。脱了棉衣就是单衣，甚至就是光屁股，好在北京没有春天，夏天会很快到来的。

这正是青黄不接的时候，不管如何省吃俭用，冬储的粮食见了缸底儿，农民把饥饿的目光从面缸移向了田野。天无绝人之路，田野里已经钻出了野菜的嫩芽芽儿。麦田是最肥沃的，又有浓密的麦苗滋润呵护，麦垄里的野菜又鲜嫩又肥硕，孩子们便成群结队地奔跑到麦田里，像麻雀觅食一样啄挖着。尽管用野菜充饥苦不堪言，收获的喜悦依然欢如奔兔。

那时候的麦田是分垄播种的，当麦子拔节高过膝盖的时候，麦垄便成了孩子们的巷道，捉迷藏、玩儿打仗，疯得不亦乐乎。更有趣的是，鸟儿也到麦垄里觅食。

捉鸟是最有技术含量的游戏，先要准备好夹子，铁丝编的，上下两层，中间有弹簧。夹子可以到集市上去买，没有钱，多数是自己做的。把铁夹子掰开，用一根细细的“支棍儿”支在小小的“屈屈儿”上，捉个小虫子，同样拴在“屈屈儿”上。

鸟儿觅食是很谨慎的，人类的凶残狡诈使它们积累敏锐的经验。多数是一个鸟儿独自行动，顺着麦垄一边蹦跳着，一边仰起头滴溜着眼睛观察着，稍有点儿风吹草动，它们就会仓皇地飞走。捉鸟是需要有耐心的，把夹子支起来后，还要用土埋藏起来，小土堆上只留下蠕动着身子的小虫子。鸟儿在垄沟里张望着，孩子们在鸟儿的后面观察着。鸟儿走走停停，有时候需要催促。怎么催促，打口哨。口哨很轻，似鸟儿啾啁，又像是别的声响。一般的情况下，鸟儿听到这种声音，既不会受惊，也不会无动于衷，多是加快了脚步。人为财死，鸟为食亡，加快了脚步就加快了死亡。

终于鸟儿看见了虫儿，终于经不住诱惑。尖尖的喙轻巧地啄向虫儿，拴着虫儿的“屈屈儿”被扯开，“支棍儿”弹起，铁夹子在弹簧的作用下迅速合在了一起。鸟儿的脑袋随之被死死地夹住了。如果想捉一只活鸟儿养着玩儿，需要事先在铁夹子中间放一根木棍儿，鸟儿就不会一夹毙命了。

三

麦熟三晌，从返青拔节抽穗扬花灌浆乳熟到成熟，速度是非常惊人的。天气一热，麦田便一天一个颜色，一天一个样子。收割小麦是夏收，夏收还要伴随着夏种，夏种紧跟着是夏管，因之叫作“三夏”。“三夏”只有短短的十来天，何况又到了雷雨季节，稍有不慎，一场雷雨冰雹，成熟饱满的小麦就会毁在田里。庄稼人拼死拼活盼了八个月，不能白白地交给老天爷。所以，麦收又叫作“龙口夺粮”。

“龙口夺粮”是要脱一层皮的，多少年来，习惯了将什么工作都称为“战斗”，窃以为，真正称得上“战斗”的只有“三夏”的“龙口夺粮”。庄稼人说，不累死也要脱一层皮。

当年收麦是用手拔的，叫作“拔麦子”。“拔麦子”要的是力气，也要的是技术，是男劳力的活计。农村流传着“四累”，前三累是脱坯、搭炕、拔麦子，第四累少儿不宜，从略。夜里三点钟就要来到田头，每人一垄，领头的一弯腰，便一字排开拔了起来。右臂将麦穗往怀里一拢，左手抄根用力一拔，顺手把麦根上的土甩掉，一攒麦子便拢到怀里。不能直腰，重复做一遍，再做一遍，怀里便抱满了三攒麦子。这时候方能直起腰来，抽出一撮麦子，将麦攒一捆，扎个扣，又弯下腰去。

右臂拢，左手拔，用力一甩，连拔三攒，打结绑扎，顺手一扔。曙光里，一排赤膊男人协调熟练，动作整齐划一，起伏有致，如果有人拍摄下来，会是一幅多么雄性、多么潇洒、多么撼人心魄的画面啊！

拔麦子的男人后面，是一群妇女和儿童，他们将扔在地上的“麦个儿”捡起来，攒成一堆。这时候拉麦子的大车来了，负责攒麦子的妇女儿童又帮助装车。这一切，配合得紧张有序，争分夺秒，一刻都不敢耽搁。因为麦子被拉走之后，紧跟在后面的就是犁地开沟，播种下茬儿的晚玉米。后来有了拖拉机，更透着急迫。拖拉机是追着收割的屁股进入的，连气都喘不上来，更像是“战斗”。

四

每个生产队都有一个场院，那是大麦两秋收获所有农作物的集散地。麦收之前，便早早地把场院硬化了，叫作“杠场”。把场院表面的土层翻起来，浇上水，掺上花秸麦芋，用碌碡反复地碾轧，晾干以后，场院便光滑如镜，坚硬如石。

从地里拉回来的麦子是带根的，根须上还带有许多的土。在场院的边上，先要用铡刀将麦根铡下。铡下的麦根毛茸茸的，也是不错的燃料。

铡下来的麦子包含三个部分，麦秆、麦莛和麦穗。通常是把这些一起摊在场院上进行晾晒的，麦收时节烈日炎炎，妇女们拿着木叉不停地翻腾着，很快就晒干了。男人登场了，牵着马，马拉着碌碡，这就是轧场。轧场酷似表演，男人站在场院中间，拉着长长的缰绳，挥着红缨长鞭，一声惊天动地的吆喝，拉着碌碡的马便奔跑起来。满地的麦子金灿灿的，彩霞一般，奔跑的马拉着碌碡一圈儿一圈儿地碾过，天马行空，腾云驾雾，让人看了发呆。

妇女们及时地进入麦场中间，将碌碡轧过的麦子再翻腾起来。如此循环往复，麦子很快就轧好了。

还是妇女们做主力，叫作起场。麦秆、麦莛轧碎了，叫作花秸。用木叉将花秸挑开，放在一边，剩下的就是麦粒和麦芋了。麦芋是包裹麦粒的外壳，把麦芋和麦粒分开的工序叫作扬场。扬场是技术活儿，又该是男人上场了。先要辨认风向，找好位置，一个人双手端着一个簸箕，另一个人站在他的身边。拿簸箕的人叫作扬场，旁边的人叫作“供锨”。“供锨”的手持木锨，将攒成堆的麦子铲起来，倒进扬场人的簸箕里。扬场人将簸箕按照一定的角度扬出去，麦粒和麦芋一起抛上了空中，风把麦芋吹开，麦粒便落在了远处。

扬场亦即是表演，姿势潇洒准确，扬出的麦子在天空中形成一道彩虹。风吹彩虹，将麦芋铺展成了云雾。云雾中飘然而下，金灿灿的麦粒堆成了金色的小山，同样金灿灿的麦芋在小山的后面形成了一片流光溢彩的湖泊。这时候的农民是最开心的，如醉如梦。

五

小麦的高贵还表现在人们对它的命名上。譬如几乎所有谷物的秆儿都叫秸或秧，只有小麦的秆儿叫花秸；几乎所有谷物的壳都没有专门的名字，只有小麦的壳叫麦芋；几乎所有谷物的糠都没有别的称呼，只有小麦的糠叫作麸；几乎所有谷物磨成粉都叫面，只有小麦磨成的粉叫作白面；更有甚者，如前所述，几乎所有的谷物都称作粗粮，只有小麦称作细粮。

不能小觑这些命名和称谓，它们确实是有大用处的。

花秸是不可缺少的，碾下来的花秸不能扔掉，也不能烧掉，要把它弄回家，放在家家户户的院子外面，堆成坟状，下面有一圈儿矮墙，里面放着麦芋，麦芋的上面堆着花秸，花秸上面再抹一层泥，叫作花秸垛。我们知道，农村大部分的房屋都是土坯房秫秸房，每年春天雨季到来之前都要进行修缮的，主要是防止屋顶漏雨，叫作抹房。抹房需要花秸，将花秸铡碎掺进泥里，就是花秸泥。

屋顶上抹上厚厚的花秸泥还是不够，因为花秸泥比较粗糙，容易渗水，在花秸泥的上面还要抹上一层麦芋泥。麦芋泥很细，用抹子在上面反复地擀，屋顶上又光亮又平整，防水防渗，效果极佳。

小麦还有一个重要的部分是需要提及的，麦莛。小麦拔节之后，会抽出一根长长细细的莛，莛上面才能秀出穗来。获取麦莛一是在小麦收割前夕，姑娘媳妇们拿着剪刀奔到田里，将麦莛麦穗一起剪下来，回去以后去掉麦穗即可；二是小麦收进场院打轧脱粒之前，用同样的办法将麦莛剪下来。

麦莛是用来编织草帽辫儿的，草帽辫儿编好之后由供销社收购，是农民贫陋生活中一笔小小的收益。

“三夏”过后，农事中有一段短暂的闲暇，谓之“歇伏”，是一年中天气最热的时候，也是庄稼在强烈的阳光下疯长的时期。

女人的双手是永远没有闲暇的，烈日炎炎下，妇女们三五成群从家里走出来，找个阴凉处坐下来。她们每个人都夹着一个浸湿了的毛巾包，包里裹着泡软了的麦莛。麦莛在她们纤纤十指中舞动着，开始时只是露出一个银色的小舌头，慢慢地越变越长，像是魔术师抽出的绵绵不绝的纸条儿。很快，一条有头无尾的长辫儿盘在她们的腿上，绕过她们的腰间，在她们肥硕的臀边盘踞着、缠绕着，堆积成一团蓬松柔静形状怪异的云朵。云朵淹没女人们俏丽的身姿，只露出戴着野花的鬓发。说笑声却是淹没不了的，女人在一起总是快乐的。尽管在她们身上还留着被丈夫暴打的伤痕，心里还积郁着生活强加给她们的愁苦，以及对公婆的怨怼和对孩子的气怒，笑声如同长长的银辫儿一样从她们的心里抽出来，亦如疯长乱爬的藤蔓儿。她们或许碰到了真正可笑的话题，或许只是重复着粗俗不堪的笑话，或许只是为了笑而笑，甚至为了苦而笑。生活的辛酸与不幸原本是可以通过笑来表达的。

姑娘们也编织草帽辫儿，她们不愿意与媳妇们为伍，躲到村外的小河边或高粱地中间的小径上。草帽辫儿在姑娘的手里舞动着伸展着，速度却远不及媳妇们。她们还没有真切地领略到持家的艰辛，编织草帽辫儿既是一种创收，更是一种闲趣。她们也笑，但是笑得很有节制，更多的是轻言细语倾吐心迹，掏心窝子的话说出来让人感动得泪湿。姐姐的心里有了谁，哪个讨厌鬼害得妹妹睡不着觉，她们都可以互相诉说的。说出来了，有小小的喜悦、小小的妒忌、小小的担忧，姐妹依旧是好姐妹。这是待字闺中的幸福与期盼，也是纯情少女最纯情的友谊，闺密是弥足珍贵的。

小麦是庄稼中的贵族，有关小麦的一切活动与故事也随之高贵起来。

2015 年 7 月 4 日于紫荆园

黄澄澄的狼尾巴

——天食录之四

谷是庄稼和粮食的总称，如同树是林木的总称一样。却又不同，单提树是抽象的，不知所指。谷却不然，指的是一种具体的作物，学名称粟，又称稷。稷为百谷之长，因之帝王奉稷为谷神，江山亦称作社稷。

农民却把它叫作谷子。

提到谷子，耳畔便会响起那支著名的歌曲《汾河流水哗啦啦》：“九月那个重阳你再来，黄澄澄的谷穗好像是狼尾巴……”

谷子是我们的祖先最早种植的作物之一。“春种一粒粟，秋收万颗籽，四海无闲田，农夫犹饿死。”在漫长的历史长河中，特别是在北方和中原一带，是谷子养育了先民，历史学家将夏代和商代划归为“粟文化时代”。

谷子的适应性极强，耐旱抗碱，大多种植在山区贫瘠的土地上。农谚云：只有青山干死竹，未见地里旱死谷。

谷子的种植与管理也相对简单，只是小苗儿长出两三个叶片之后需要间苗儿。间苗儿是个很细致的活儿，需要专心致志，用的是尖头儿的小薅刀。间苗儿就是让秧苗儿保持一定的密度，将多余的苗儿剔除。许多农作物都有这套工序，难的是谷苗儿中常常混进“伪军”，需要将它们识别出来并且根除掉。这“伪军”叫作谷莠子，也就是通常所说的莠。莠是粟的近亲，如同猿是人类的近亲一样，有着相同的外表特征，特别是幼苗儿的时候是非常相像的。据说粟是由野生的狼尾草选优驯化出来的，进化成为优质的粮食作物之后，便与莠分道扬镳了。但是莠却不甘心，总是钻角觅缝地挤进粟的队伍，鱼目混珠，良莠不齐。

间谷苗儿如绣花，故多是女人所为。女人是鸭子，到了田间便嘎嘎嘎地聒噪不休。但是间谷苗儿的时候却沉静下来，低着头很一丝不苟地操作着，很少有大吵大闹的时候了。有了可笑的话题，也浅尝辄止。不要以为女人任性，到了必要的时候她们还是很有分寸的。

谷子是一种人和牲畜充分共享的作物，人吃谷粒，牲畜吃谷秸，于是谷秸便称作谷草。

先说人食用的谷粒，称之为小米，相对应的是被称作大米的稻谷。小米这名字叫着很亲切，有一种小女儿般的感觉。商家敏感，作为一款手机品牌，卖点诱人。

营养学家说小米的营养价值非常高，蛋白质、脂肪、不饱和脂肪酸都高于大米和小麦，还有丰富的维生素 B 以及钙、铁、钾等微量元素。农村妇女生小孩子后，需要调养身子，多是用小米粥加红糖，补血补气，有代参汤之美称。或许与这个因由有关，婴儿夭折之后，不用棺匣埋葬，也不挖坟茔安葬。只用谷草或者谷草打的草帘一裹，弃之于沟边河沿乱丧岗。说来有点儿残忍，那时候没有避孕措施，随意孕产。可是成活率极低，好的家境也不足半数。那么多死孩子，怎么处置？大人都缺衣少食，奈何一个死婴？

谷草是正经八百的大牲口的饲料，可以上市交易的。谷草又称干草，干草喂牲口是需要一定的加工的。首先要铡草，我们见到的铡刀，其重要功能就是为牲口铡干草。铡刀的刀床是硬杂木制作的，有些沉重，这样放在地上才能稳当。铡草的时候要两个人配合，一个人坐在铡刀旁边负责“续草”，一个人站在铡刀前面负责“摁刀”。这是一项有着一定危险的技术性很强的伙计，特别是“续草”一定要慎之又慎。沉重的大刀片高高地抬起来，你必须准确无误地把草放到刀床上，并且还要紧贴着铡刀槽。稍不小心，手指头乃至整个手腕子将会咔嚓一下被铡下来。

“续草”要把谷草收束在手掌里，双手紧贴着刀床，一节一节往刀槽里送。草是要铡细的，寸草铡三刀，无料也上膘。“续草”的人多是经验丰富的老年人，而“摁刀”的则是力大心细的壮汉。壮汉躬身弯腰，又昂首挺胸，一起一伏。金黄色的干草从铡刀的一侧续进，另一侧随着刀锋降落，便绽开了金灿灿的花瓣儿。

干草铡好以后，还要用筛子把土灰及杂物筛掉，牲口吃东西也是很讲究的。喂的时候，需要拌，主要是掺进料，料是粮食，多是炒熟的料豆磨成面，加上水和铡好的干草一起搅拌。香喷喷的料豆味儿、清香的干草味儿混合在一起，人闻着都流口水。夜深了，万籁俱寂，劳累了一天的骡、马、驴、牛默默地咀嚼着，发出一片沙沙沙的声音。这时候的农民，特别是负责喂牲口的饲养员，会感到极大的满足，如见婴儿贪婪地哺乳。

生活的味道就是这样酿造出来的。

2015 年 7 月 7 日于紫荆园

救命的红薯

——天食录之五

一

史学界有一种说法，明朝灭亡的真正原因是人口过剩，土地有限，粮食耗尽。这是典型的马尔萨斯理论：人口呈几何级数增长，而耕地面积和粮食产量的增长却是有限度的。如此，粮食的增产永远赶不上人口的增长，最终导致大饥馑、大危机。如何解决这个问题，一是通过节育控制人口；二是通过战争减少人口。马尔萨斯强调，他是不赞成第二种办法的。明王朝也不赞成，但是那时候没有节育措施，人口无限制地膨胀，已经逼近了两亿。

粮食危机必定导致政治危机，农民不甘心饿死，揭竿而起，造反了。于是政府便派职业军人前去镇压，谁想到军人也挨饿，许多官兵跟农民军打仗，打着打着，饿极了，也造反了。造反的人越来越多，官兵也越来越多，整个社会秩序乱套了，种粮食的人越来越少了。粮食越少越乱，农民军和官军疯狂地抢粮，叛乱席卷了整个陕西四川，最后粮食吃光了，官军内部互相残杀，吃自己人的肉，惨绝人寰。

如此的情况在欧洲也发生过，英国人殖民爱尔兰，干旱贫瘠的土地无力养活爱尔兰人，饥荒蔓延，哀鸿遍野。马铃薯及时地引进来，那些不适宜种植谷物的土地却非常适合种植马铃薯，爱尔兰人不费什么力气，便填饱了肚子，还有剩余繁殖家畜、家禽。爱尔兰非但没有发生内乱，还在一百年间使人口从三百万猛增到八百万。

本来在明末战乱之前，花生、玉米、红薯这些高产作物已经引进了中国。如果崇祯皇帝有眼光，身边又少一些只会“论证涨价合理”的专家，大力推广这些救命的作物，情况恐怕不会这么糟糕。

这些舶来品没能救明王朝，却救了闽中灾民。万历年间，闽人陈振龙到吕宋做生意，将红薯的秧苗及栽种方法引了进来。时值闽中旱饥，陈振龙及其子在巡抚金学曾的支持下广为试种，大获丰收，可充谷食之半。自此，红薯便与同时引进的玉米、花生等高产作物被广泛推广，从南到北，在大部分国土上安家落户。

这一个海外捞来的大馅饼便宜了大清朝，从汉末到明末，中国的人口从来没有超过两亿，到了乾隆六十年达到了前所未有的近三亿。而到了道光年间人口竟然膨胀到四点三亿之巨。

二

真正遇见救命的红薯是在三年大饥馑时期。1958 年“大跃进”，小麦水稻都“放卫星”，亩产几万斤十几万斤几十万斤，红薯也不甘落伍，大张旗鼓地制造起了“卫星”。红薯“卫星”炫耀的不是亩产，或者不仅仅是亩产，而是大块头，如同每年大兴西瓜节产生的“瓜王”一样。大块头的薯块不大好作假，需要真家伙。那时候人还不会在农作物上使用激素和其他要命的化学物品。用什么为红薯催大催肥呢？狗肉汤。把狗勒死，连骨头带肉放进大锅里炖，炖熟炖烂之后，骨肉被啃了，汤晒凉之后，抬到红薯地里，浇在红薯的块根上。

狗倒了霉，村村户户，一片惨烈的人呼犬吠。全民行动，手持棍棒刀叉，满街追狗打狗，无论谁家的狗，一律要为“大跃进”“放卫星”做牺牲、做贡献。如今爱狗人士，不知道听了此事之后有何感想。

那时候的许多事情都是只讲开头不讲结尾，只讲过程不讲结果。红薯浇了狗肉汤之后是否放了“卫星”，不得而知。

紧接下来的就是席卷全国的大饥荒。那些追狗打狗的人再也跑不动了，一个个面黄肌瘦皮里抽肉，直抽到皮包着骨头、前腔贴后腔。不要说打狗，走路都打晃儿。两只充满杀气的眼睛却依然布满了血丝，贪婪地寻找着可以塞进嘴里的东西。哪怕是狗吃剩下的东西。可惜，到处都很干净，连狗屎都见不到了。

公共食堂里只剩下了红薯面和高粱面。

正是上初中的时候，半大小子，吃死老子，需要充分营养长身体催个头，却没的可吃了。学校离我们那个小村六华里，食堂特许我们可以带一顿中午饭。当时的食谱是这样的：早饭一碗稀粥，或红薯面或高粱面；中饭每人两个小窝头，或高粱面或红薯面；晚饭依然是稀粥，或者什么都没有。早晨我们一扬脖把稀粥倒进肚子里，肚子空空的，叫得更厉害了。书包里那两个小窝头像两只揣在怀里的小耗子，八爪挠心。谁有那么大的自制力？还没走出村，那两个小窝头就不知不觉地跑到肚子里去了。肚子还是空空的，可没的惦记了，也就踏实了。这得整整踏实一天，中午干饿着。

现在提起三年大饥馑，饿死人，不少年轻人不相信，并且在一些别有用心的人鼓噪下，说这是造谣，污蔑社会主义。我常常感到奇怪，他们没有经历过，难道他们没有父母吗？他们父母的良心难道被饿丢了，怎么不把实情告诉孩子呢？

我常说，那三年我差点儿被饿死，之所以没有饿死，是因为毕竟在北京，哪怕是郊区，也还是有一点儿粮食定量的。这粮食就是红薯，救命的红薯。

三

栽种红薯先要育秧，育秧的地方叫作红薯炕。在一个背风向阳的地方，搭起长长的炕，炕上铺着细细的肥土。育秧用的红薯叫作红薯母子，早在收获红薯的时候就选好了：大小均匀，长直顺溜，没有病斑。将红薯母子埋在红薯炕上，盖上厚厚的草帘子，按时按量浇水。这是一个很细致的活儿，特别是烧炕，是要准确掌握火候的。火大了会把薯秧烧焦，火小了又限制了薯秧生长。

过半个月左右，红薯秧在土炕上齐刷刷地长出来了，翠嫩翠嫩的，上面滴着泪一样的水珠儿，令人爱怜。妇女们开始提红薯秧，蹲在土炕上，将红薯秧小心地拔下来，不能伤着根须和茎叶，用浸湿的稻草一把一把地捆扎好，运到红薯地里。

栽红薯程序有些复杂，先要用犁将土培起来，形成高出地面半尺多的垄沟。然后在垄沟上用镐刨出埯儿，埯的大小要适中，距离要均等，很要点儿技术。然后，将水挑进红薯地，把每一个埯都灌满水。紧接着就是在灌满水的埯里插上红薯秧，动作是一抹一抹的，故称作抹秧。抹秧之后，便是将埯上的土填满、摁实，两只手同时动作，在垄沟上胡噜，胡噜埯。如此，不算开垄沟，只刨埯、灌埯、抹秧、胡噜埯，至少要四个人配合才能完成。

为什么要把红薯秧栽种在垄沟里呢？一是垄沟的土壤松软，适宜红薯的块根发育生长；二是红薯怕涝，雨水会顺着垄沟顺利地流走，不容易积水。

红薯栽种好之后，管理上也有一道特殊的工序，翻秧。红薯秧是藤蔓状的，能长两米多长。秧蔓长得很快，如果不加管束，会顺着垄沟乱爬，缠绕成一团。这还不是主要的，主要的是藤蔓的关节会随处生出根须来，扎进土里，结出大小不一的薯块。这样一来，红薯的养分就分散了，会极大地影响产量。为了不让红薯秧到处扎根，就要经常翻挪，将次生根扯断，翻到太阳下来晒死。这一次向左翻，下一次向右翻，整个红薯地里的秧蔓整整齐齐，像待嫁少女的发型一般。

翻红薯秧的活儿不累，多是妇女劳力的工种。妇女们一边翻着红薯秧，一边翻着各自的小账，争争吵吵、打打闹闹，红薯地里也曾留下许多风流的故事。

四

红薯被无奈当作主食的时候，常常是磨成面的，这样可以熬粥，可以蒸馍，比直接煮红薯要经一些饿。

红薯要磨成面，需要先切成片，晒成干。红薯是在秋收中最后收获的作物，这时已经是深秋或是初冬，大地蜕尽了繁华，裸露出了褐色的肌肤。霜降过后，玉米高粱等作物都收割完了，红薯秧也枯萎了，软塌塌地贴在垄沟上。高高的垄沟鼓胀起来，像临产的孕妇。甚至垄沟的地皮也被拱开了，婴儿状的薯块迫不及待地露出了头儿，享受着洁净的蓝天和清凉的露珠儿。

先要用镰刀将红薯秧割下来，然后再刨红薯。

刨红薯用的工具叫作齿镐，多为三齿或四齿。刨红薯需要眼力，对埋在垄沟里的薯块要有个大体的判断，形状、大小、位置，一镐下去，能抄底儿刨出来，嘟噜噜一大串，不伤不掉，手提起来，看着舒心，扬扬得意。当然，难免有刨断的时候，被刨断的红薯叫作镐伤，储存的时候需要挑出来的。

刨出来的红薯一堆一堆地放在田地里，大体分为三部分：一部分分到社员的家里，一部分由生产队窖藏，一部分被切成红薯干。

时令已经进入初冬，天短夜长，切红薯干的活儿大都放在夜里进行。

打夜班切红薯干的多是妇女。开始的时候用手切，一人一个木墩，一把菜刀，寂静的田野当当当响成一片，吵得星星满天空地蹦跳。后来发明了切片机，手摇的，提高了功效，可并不省力。

我们学生为了挣几个工分，放学后也参加了切红薯干的行列。大人们把红薯切成片，我们把红薯片分散在田垄上，为的是更好地晾晒。

夜班要到半夜，往常的农户人家都早早地睡了。农户人家无论男女，一律裸睡。现在科学常识说裸睡有益于健康，农户人家可不懂这些。原因是睡觉不能穿裤子，脱了裤子里面什么都没有，“硬山搁”，裸睡便是自然而然的了。

女人们打完夜班往村里走，又累又困，蔫蔫的。突然，对面响起了鸡叫声，一只黄鼠狼拖着一只鸡，从一个篱笆小院里逃窜出来。女人们立即来了精神，迎头围堵包抄过去。眼看到了近前，顿时都愣住了。黄鼠狼后面追着一个男人，这鸡就是从那男人家里偷出来的。男人赤身裸体，突然看见了迎面包抄过来的一群女人，吓得扭头就跑，鸡也不要了。

五

红薯高产，既救急又救命，上级便号召广泛种植。原来红薯是不算粮食的，大饥馑之后便成了农民的口粮，算指标的，每四斤红薯折一斤粮食。

公共食堂解散之后，红薯便由农民自己保存了。家家户户的门口都挖一个红薯窖，红薯窖下面铺一层沙土，将红薯整整齐齐地摆放在沙土上，随吃随取，可以保存到第二年春天。生产队也有一个红薯窖，那是储藏红薯母子用的。有一年春天，村民真的饿极了，不知道谁带的头，哄抢生产队的红薯窖。村民们从四面八方奔跑过来，手里拿着口袋和木棍，将红薯窖牢牢地围上了。村干部站在红薯窖的窖口上，声色俱厉又苦口婆心地劝说。没有人离开，可也没有人先动手。我因为小，母亲不让我上前。后来公社来了人，挎着枪来的，那时候的国家干部是随身带枪的。

事态平息了，我当时就想，假如有人登高一呼，村干部是守不住红薯窖的。当然，哄抢不同于分配，谁有本事谁抢得多，肯定还有抢不到的，乱起来非出人命不可。

如今的餐桌上，常出现一些蒸烤得很精致的红薯紫薯，同桌的人互相劝告着，多吃点儿，这是保健食品长寿食品，不仅抗癌，还有诸多好处云云。我常说，只吃这么一次，只吃这么一点儿，管用吗？要常吃，要从小吃，要“童子功”。我是吃这个活命的，也是吃这个长大的。

当年我吃红薯的时候可不是什么享受，试想一下，一天三顿，红薯粥、红薯面的窝窝头，还有煮红薯。满口都是甜嗦嗦的，一点儿嚼头都没有。更要命的是，吃了红薯烧心，反胃，很难受。

六

从常识和传统习惯上说，薯块是人的食物，而薯秧则是猪的饲料。挨饿的时候，人便与家畜家禽争食，连薯秧也不放过。

今天早上看到一条微信，叫作《一斤叶子顶十斤人参，可惜知道的人太少》。微信上的文章向来是耸人听闻抢人眼球的，打开一看，原来说的是红薯叶。说欧美、日本、香港已经掀起了“番薯叶热”，用其制成各种佳肴美味堂而皇之地出现在大饭店的餐桌。说番薯叶可以排毒、提高免疫力、预防贫血等，似乎拯救人类健康非番薯叶莫属了。

近日到鄂西，客居在土家古镇谋道，受市妇联主任周德燕之邀到其表妹家做客。席间，与周父谈及三年大饥馑。周父自幼父母双亡，寄居在姑姑家。姑姑家已有几个孩子，挨饿是非常自然的，劫后余生，依然过着苦日子。姑姑有时候对孩子们说，走，我带你们去改善生活。姑姑腰间藏着一口铁锅，带他们到了红薯地边，拾柴点火，舀山涧溪水，煮沸后便揪红薯叶放在锅里。孩子们围在锅边，用树枝当筷，夹着煮熟的红薯叶吞嚼，美味佳肴。

红薯叶有许多吃法，最多的是直接包在玉米面里，包成大菜团子。初尝一下方可，当饭吃则难以下咽。主要是红薯叶滑溜溜的，入口实在不舒服。现在说红薯叶有排毒的功能，但凡排毒的东西，能有多少营养呢？

何止是红薯叶，还有红薯秧，也是极好的充饥之物。红薯秧晒干之后，铡成小段，放在碾子上反复碾，会筛出一些粗糙的淀粉。总比用稻草、玉米骨头淘炼出来的东西更像食物。

无论是吃红薯叶、红薯秧或是吃红薯块，都不经时候。总是饿，肚子撑得再鼓，干一会儿活儿，撒两泡尿，便又打起鼓来。或许，红薯的精华以及其保健长寿的功效已经深入到我们身体的DNA当中了，年轻时吃的苦如同积了德，会让我们晚年健康长寿。

上帝保佑。

2015年7月10日于紫荆园

菽水承欢

——天食录之六

一

豆类不是主食，但是在我们的餐桌上却须臾不可或缺。饭店点菜，豆腐及豆制品是家常菜，毛豆是下酒菜，就算你不点这些，炒菜总得用油吧，那油就是大豆榨出来的。生菜熟菜都离不开酱油吧，酱油也是大豆做的。有些饭店的餐桌上，摆着的就是赠送的炒料豆。我为什么叫它料豆呢？在农村，喂牲口的多是大豆、青豆、黑豆。粮食及其糠麸属于精饲料，精饲料叫料，粗饲料叫草。豆类入饲料算是牲畜的奢侈品了，相当于犒劳。吃犒劳多是在“三夏”“三秋”的大忙季节，骡、马、驴、牛也需要福利的。

料豆是炒熟之后磨成面再入槽的，熟豆面加水与铡碎的干草一起搅拌，香溢半条街，人闻着都垂涎。我们孩子都会拍饲养员的马屁，为的是讨得几粒炒熟的料豆。男人喝酒，也会去讨把料豆，这就是饲养员的特权。

我说豆类不是主食，指的是现在。我们的老祖宗可是把它当作主食的。稻黍稷麦菽，属于五谷，菽就是豆。子曰：“啜菽饮水，尽其欢，斯之谓孝。”熬豆而食曰啜菽，可见，在古人那里，至少在一定范围内，豆类还是可以作为主食的。可以佐证的还有曹植那首著名的《七步诗》：煮豆燃豆萁，豆在釜中泣。可见当时的豆类是煮着吃的，现在我们也煮豆，多是红豆和绿豆，做豆馅之用。

即便是现在，主食里也少不了豆类辅助。玉米是主食吧，窝窝头儿里是经常掺杂一些豆面的，掺了豆面之后，咀嚼生甜，口感非常好。

更加值得费些笔墨的是，豆类用途远远大于任何农作物。大豆是高纯度硬脂酸的主要来源，广泛用于食品乳化，还可制造肥皂和蜡烛；大豆中提炼的甘油，是火药及造纸的重要原料；豆油与桐油或亚麻油制成的油漆，是汽车及外墙的极佳涂料；由大豆加工而成的氧化豆油，可替代润滑油，供汽车飞机轮船及器械使用；大豆与酒精混合可制造人造橡胶及树脂，用途更加广泛。

大豆中的蛋白质和豆固醇能降低血脂和胆固醇，大豆中的皂角苷、蛋白酶抑制剂、异黄酮、钼、硒等对癌症有着较好的抑制作用，大豆卵磷脂是当今时髦的保健品。如此等等，不一而足。

我更想说的还是日常生活中的食用价值，令人惊叹的是数以百种的豆制品，超市里能见到的就不下几十种。特别是到了全素斋的餐馆，席面上琳琅满目叹为观止，几乎所有荤菜的色香味形都能见到。鸡鸭鱼肉、生猛海鲜、水陆珍稀，一应俱全，都是豆制品的巧夺天工。

在所有豆制品当中，我最钟情的还是豆腐，盐卤豆腐。很长时间以来，豆腐不用盐卤点了，失去了本来的味道。在饭店用餐，尝到有豆腥味的有嚼头的豆腐，便如见故交，啧啧称赞。传说豆腐是淮南王刘安发明的，他是汉高祖刘邦的孙子。继承皇位没有他的份，于是他召集数千方士终日熬汤炼丹，无意中发明了豆腐，为中国人带来巨大的福祉，比那些昏庸的皇帝活得有价值。

城里人的早点，多是油条豆浆或豆腐脑儿。这些奢侈品种植黄豆的农民却很少享用，有的人甚至见都没有见过。母亲是个例外，她曾经喝过几个月的豆浆。高级社的时候，母亲病了，咳嗽气喘，身体虚弱得下不了炕。医生说需要营养，庄稼人填饱肚子都难，哪儿来的营养？医生又说，豆浆便很有营养。正好我们村有一家豆腐坊，每天上午豆腐出锅的时候，人家专门为我家留一碗豆浆，中午放学的时候，我去把豆浆端回来，热给母亲喝。还别说，几个月以后，母亲的病情大有好转，身体也恢复了许多。

我说过，红薯救过我的命，而豆浆则是有恩于母亲的。

二

东北的大豆是大面积种植的，绿油油连成一片，无边无垠，海洋一般。而在我们那里，大豆、青豆、黑豆以及红豆、绿豆、豇豆都是间作套种的。大部分都是与玉米间作，一垄或两垄玉米间作一垄大豆，或者两株中间间作一株大豆。玉米秧高，大豆苗儿矮，充分利用了光照。再有大豆的根部寄生着一种根瘤菌，它含有氮酶，能将空气中的氮气转化为氨，再进一步转化为氮的化合物。植物生长的主要养料是氮磷钾，特别是氮，许多花大价钱买的化肥其实就是氮，能促进作物的生长，也极大地破坏了土地。

每一株大豆都是一座有机化工厂，专门生产作物所需要的氮肥。不影响自己生长，又为玉米提供了相当的养分，何乐而不为呢？

玉米长起来了，铺天盖地，森林一般。大豆也随之长起来了，屈尊在玉米的麾下，密密匝匝，菟丝缠绕，灌木丛一样。

间作大豆的玉米地是格外吸引孩子们的，那里繁殖生长着非常诱人的大肚子蝈蝈。蝈蝈喜欢吃大豆的嫩叶，喝大豆叶片上的露珠儿。蝈蝈通体湛清碧绿，充盈着水色。蝈蝈的叫声亦清脆幽远，如鸣泉漱石，叫得人心里痒痒的。

捉只蝈蝈回家，编个蝈蝈笼，挂在屋檐下，夜间伴随着它的鸣唱入眠，悠闲惬意，格调顿觉高雅起来。

大豆地里更大的诱惑还不是蝈蝈，而是早熟的毛豆。浓密的豆棵上，挂着一嘟噜一串串的豆荚，豆荚很快就鼓胀起来，拨开，青青嫩嫩的，有一种豆腥味儿，不能生吃。捡点儿柴火点燃，将豆荚揪下来烧烤，立刻就会迷漫出一股清香，口水立刻流了出来。

我写这篇小文的时候，正值酷暑伏天，每晚常常混迹于路边的大排档，喝冰镇啤酒，少不了的是一盘花生毛豆。可是那毛豆的味道实在寡淡，怎么也品不出乡间野火烧烤出来的新鲜味道。

大豆像小麦一样，也要收割回场院打轧脱粒的。起场扬筛之后，圆溜溜的豆粒晒干入库，留下来的则是轧碎的豆秧和豆叶。

豆叶轧碎之后是猪的主要饲料，俗称“豆花”，“花”字不带儿化音。豆花喂猪的时候是需要发酵的，放在一口大缸里，泡上十天半月，便发出很浓烈的酸臭味，很难闻，猪却喜欢。当然，发酵主要不是提高猪的胃口，为的是更容易被猪体吸收，最大限度地增加营养成分的利用。

我小时候做过的唯一的一次生意就是卖豆花。用自制的小独轮车推着一口袋豆花赶集。母亲让我卖八毛钱，集都快散了也没有人买，只好降价，卖六毛。一路上提心吊胆，恐怕回家会被母亲埋怨。须知两毛钱对于一个农家孩子来说，是一笔大数目的财富。

豆秧被轧碎以后是喂牛用的，有些硬，还扎嘴，牛是反刍动物，也只有苦命的牛才能吃如此难以下咽的东西。这东西有个名称，叫咯挠，“挠”字发轻声。书面上没见过这个名字，也不知道我写得对不对，有点儿生僻。咯挠喂牛之前是需要铡碎的，叫作铡咯挠。

有个笑话，城里人跟乡下人吹嘘吃过数不胜数的山珍海味，让乡下人忌妒得眼珠子都蓝了。乡下人突然问，你吃过铡咯挠吗？铡与炸同音，城里人虽不知何物，也不能服输，随口说，我没吃过，我爸爸吃过。

众皆大笑。

三

大豆有诸多好处，豆制品又如此丰富，但有些东西，许多人还是没有吃过的，特别是20世纪60年代以后出生的人。

首先是豆皮。同样，“皮”字是不带儿化音的。我这里说的豆皮，不是饭店餐桌上常见的凉拌豆皮、麻辣豆皮、鱼香豆皮、葱油豆皮，更不是武汉老通城的三鲜豆皮。这些都是难得的美味佳肴。

我说的豆皮是直接从豆粒上脱下来的豆皮，很坚韧，含胶质，又有着强烈的豆腥味儿。这种豆皮是不能吃的，牲口都不爱吃。可是饿疯了的人没有什么不能吃的，那年月的聪明智慧都用在寻找“进口物资”上了。吃这种豆皮只有泡，泡软、泡酥，然后再煮。有时候掺上一些高粱面玉米面蒸，无论如何泡如何煮如何蒸，火和水似乎奈何不了它。它依然那么坚韧，那么难嚼。嚼不烂就使劲嚼，越嚼豆腥味儿越大，干哕呕吐，但是舍不得吐掉，最后只好伸着脖子直接咽下去。其实，咽下去也消化不了，吃进去啥样，屙出来还是啥样，好在能在肚子里占点儿地方，多一些饱腹感。

其次说豆饼。这里说的豆饼，不是被朱元璋封为“天下第一”的濠城吉祥饼，那是绿豆制作的精美点心。我要说的豆饼是大豆榨油后过滤出来的残渣，制成方形或圆形的饼子。这种豆饼很坚硬，如石似砖，生产队从榨油厂整车整车地拉来，是作为饲料用的。饲料也是上等的饲料，只有种猪种畜或者干累活儿的大牲口才能享用。

还有一种用途就是做肥料，打碎泡酥施进垄沟里。那也是非常金贵的作物才有资格用，譬如蔬菜、瓜果、烟叶，等等。

同样，饥民们也把豆饼当成救命的东西。那时候我们常常守候在马路上，眼看着拉豆饼的大车奔驰而过。找机会用铁钎子朝车上捅去，捅下一两块豆饼，哪怕是只有几粒豆饼渣，也像是天下掉下来的馅饼，或争而夺之或分而食之，能高兴好多天。

豆饼是很难得的，生产队为了救命，便每家分一点儿。分到手的豆饼敲碎，在碾子上碾成粉面，掺上谷糠野菜，是难得的美食。

最后再说豆腐渣。跟豆饼不同的是，豆腐渣是做豆腐过滤出来的残渣，粥状物。

豆腐渣的吃法很多，可以掺上泡好的豆粒炒，又是菜又是饭。也可以掺上玉米面蒸窝头，熬粥。还可以干炒，一边炒一边扒拉，这种食物便被称作炒扒拉。无论是豆腐渣窝头还是炒扒拉，不难吃，却难以下咽。常常噎在嗓子眼上，需要用水冲下去。全家人围坐在餐桌上，每人一碗炒扒拉，孩子们不想吃，眼睁睁地看着父母做着示范：伸着脖子，圆瞪着眼睛，低着脑袋，使了半天劲，还是咽不下去，只好将放在一边的水碗端起来大口喝着……

此情此景，很自然地会想起孔圣人那句话，菽水承欢。知道为什么吃豆子的时候要喝水了吧？一笑。

2015 年 7 月 16 日于紫荆园

黑牙村的神话

野人怀土，小草恋山。离开家乡的时日愈久，愈对那片养育过我的土地怀有一种骨肉般的思恋之情。我记忆中的那个小乡村是荒僻的、贫困的，如同一位家境贫寒的母亲为了养育众多的子女，耗尽了她全部心血、汗水和青春年华，自己却变得苍老而又丑陋。那歪七扭八、长满茅草的土坯房；那结着厚厚碱疤的像生了牛皮癣一样的街道和土地；还有那浑浊、苦涩的水——那是母亲伤心的眼泪：这一切都让我厌恶过，使我下决心离开她远走高飞，到外边的大千世界里去寻找一片精神家园。

找到了吗？难说。

我那会儿尝不出家乡水的苦涩。因为我呱呱落地吮吸的第一口乳汁，便是用这苦涩的水酿成的。然而，有一点我却不能忍受，尽管小村人祖祖辈辈都在毫无痛苦地“忍受”着，我却不能，那就是喝了这种苦涩的水，牙齿会渐渐变黑。

小村人都有一嘴黑牙，漆黑漆黑的，闪着亮晶晶的光泽，像是涂着一层釉。在马驹桥镇那人山人海的集市上，卖主一吆喝，买主一还价，就会立即让人认出是黑牙村的人。就是走出三五百里，不用通报姓名，也能找到故乡人——全凭这一嘴黑牙。

外乡人把我们那个小村谑称为“黑牙村”。我很为此感到丢脸，表叔却满不在乎：“黑牙怕什么？啃猪蹄照样香!”

细究起来，表叔这辈子怕也没有痛痛快快地啃过几次猪蹄。

表姐很在乎她那满嘴黑牙。黑牙村的姑娘都在乎。为了整治黑牙，她们不知遭了多少罪。用白沙子掺盐粒刷牙，刷得嘴角滴血，嘴唇肿得老高；到江湖医生那里，用盐酸擦牙，把牙根都烧坏了。整整一个暑假，表姐每天都去打青草，说是赚了钱就把那满嘴的黑牙都敲掉，换上雪白的假牙。可惜，她的愿望没能实现，那一年打青草交到队里，只记工分，不给现钱。白累了一暑假。

别村的姑娘都喜欢春天夏天，好展示她们美丽的腰身和多彩的服装。黑牙村的姑娘却喜欢冬天。树叶刚一落，她们就每人捂上一个大口罩，把嘴严严实实地遮盖起来。我们那帮嘎小子见到她们就喊：“从南京到北京，没见过驴屁股打补丁!”

姑娘们很恼火。

村里有个年轻人，我们叫他白牙哥。白牙哥的父亲很小就出去闯世界，后来当上了石油工人，渴死在大沙漠里了。白牙哥是跟着母亲寻根来到黑牙村的。

白牙哥在村里当民校教师。他讲课，唱歌，一张嘴便露出那让人羡慕的白牙。他的牙真白，在明晃晃的灯光下，发出亮莹莹的光泽。我敢说，他的牙齿是半透明的。如果你趴在他面前，对着他那光洁的牙板一照，里边准能映出你的影子来。就因为这一点，我特别喜欢他，姑娘们也都喜欢他，表姐更喜欢他。

我觉得白牙哥是世界上懂得最多的人。他说人是猴子变的，煤是大树变的，还说将来要消灭“三大差别”，农村也要像城市那样：楼上楼下，电灯电话……他说这些，姑娘们便开心地笑，笑得她们忘记了那一嘴黑牙。

讲到黑牙，他说那是因为井水里含有一种叫作“氟”的鬼东西。这鬼东西人身体里缺了不行，多了也不行。怎样才能把那鬼东西整治掉呢？白牙哥说得打深水井，至少要一百多米深，像钻石油一样把地层深处的干净水吸上来。

他这些话是在村头的大槐树下讲的。那是一个美丽迷人的仲夏的夜晚，村子里到处飘着新麦馍馍的香气。年轻人的心里被他扇旺了火，吵吵嚷嚷地去找李村长，要求打一眼深水井。

李村长被年轻人的热情感动了，可他手里没钱，眼泪花花地说：“这主意好是好，可我办不了，等你们当村长的时候再说吧！”这一切，都像一个久远而诱人的神话，在我童年的心底珍藏着，有如珍藏在地层深处那泓含氟量适度的净水。

去年岁尾，在我的一次作品讨论会上，一个乡村打扮的庄稼人不期而至。我正惊诧，他冲我开口笑了，我立即扑上前去，抓住了那双家乡人的大手——凭的是那一嘴黑牙！

他是当年李村长的儿子，现任村里的党支部书记。他说他读过一些我写的有关黑牙村的作品，邀我春节回去看一看。

我是在辞旧迎新的爆竹声中赶回黑牙村的。当年那坑坑洼洼的土路修成了砂石路，正准备开春铺柏油；那结着厚厚碱疤的街道镶上了水泥板，架上了电线杆。使黑牙村旧貌皆非的是，一幢幢青砖红瓦、雕梁画栋的新式农家小院取代了当年那歪七扭八、长满茅草的土坯房。

迎接我的是一张张绽菊般的笑脸，以及笑颜中那瓷釉般的黑牙，还有一杯蒸腾着热气的清茶。茶是香的；咂一口，水是甜的，一股沁透心脾的清甜与纯净。这是从地层深处汲取上来的神话中的净水——自来水的龙头吉祥鸟似的降落在家家户户的炉灶旁。

李支书把我带进了新建的小学校里，学生们正在表演着庆贺新春的节目。台上跳跃着的是一群蓓蕾初放的少男少女，这是黑牙村的新一代，三十年前的我，同样是红润的脸庞，同样是明亮的眼睛，同样是云霞般的向往与热情。然而我眼前的笑口里显露出来的，却是整齐、洁白、闪着珠玉般光泽的牙齿。

我的心潮涌动起来，泪水模糊了双眼。我想起了那浑浊、苦涩的家乡水，想起了白牙哥。白牙哥已经过早地离开了人世。白牙的父亲生下了黑牙的儿子；然而，他的孙子又还给了他一口白牙——但愿他的在天之灵会感到慰藉。

我又想起了表姐和她们那些大口罩。据说，她现在在某城市一家广播电台工作。她也该回来，看看黑牙村的新一代，看看新时代的黑牙村，看看当年我们埋在那贫瘠土地上的种子，而今已经结出了色彩斑斓的神话。

1991 年 3 月于通州北苑

吟哦在乡间小路上

我的高小和初中都是在一个古老的小镇上读的。那个小镇离我生活的小乡村有六里地。对于一个十岁出头的孩子来说，这无疑是一条漫长的路。

那条土路弯弯曲曲的，终年印着深深的辙道沟，夏天积水，冬天结冰，路两旁是一眼望不到边的庄稼地。那又是一条很寂寞的路，很少能见到行人。每日一往返，我在那条小路上整整走了五年。

我的学业就是在这条小路上完成的，知识也是在这条小路上积累起来的。这条小路是我走上人生、走向社会重要的一程。

早晨，天不亮我就出了村。路上无人，很多人独行喜欢唱歌，我不会唱，便背书。背书是为了应付老师的，怕课堂上出丑。我读书的时候，已经开始反对死记硬背了。可是有些重要的课文，特别是古代诗词散文，老师还是要求背诵的，这是一项很重要的作业。

我喜欢背书。在入学之前，我曾跟着祖父学过几本幼学开蒙读物，如《百家姓》《三字经》《名贤集》《千家诗》等。不教识字写字，也不讲解，只让背。像老燕给乳燕喂食似的，口对口地教。书读百遍，其义自见。许多书我都是先背下来，过了很久才明白是什么意思的。我背得最熟的是《名贤集》，至今仍能一口气吐出半本来。

在我们那个小乡村里，祖父算是最有学问的人了。他背诗的时候，是吟，是唱。平上去入，抑扬顿挫，字字句句都拿腔作调。祖父教我背书，有点儿像别家的老奶奶教孩子学歌谣，很好玩儿。

很多同学都说背书是很枯燥、很乏味、很令人生厌的事，我却觉得背书很有意思，甚至是我学习生活中不可缺少的一部分。因为背书伴我走过了好几年的寂寞之路。

我在初中三年里，遇到两位班主任老师，一个叫黄玉柱，一个叫温克宽。他们都喜欢文学，还写作。一个写小说，一个写诗，对我和我的同学影响很大。我们自发地组织了一个文学小组，请这两位老师做顾问。他们给我们推荐唐诗、宋词、古代散文，这些都是要背的。

冬天日短，放学时天便黑了，再加上文学小组的活动，我回家时往往已经看不见路了。那会儿农村还没有电，每一个村庄都是黑乎乎的一片。我凭着经验走在那条坎坷的小路上，常有狐獾野兔出现，还有怪声怪调的鸟叫。我害怕，怕就靠着背书壮胆。

诗词背多了，往往能见景生情。生了情便激发出诗兴，最现成的是拎着一两首古人的作品吟哦。春天见到柳叶，便想起“二月春风似剪刀”；夏天听到鸟鸣，便有意地去体味“恨别鸟惊心”；而在秋高气爽大雁南飞之际，又努力往那“秋水共长天一色”的意境里钻。发古人之情不过瘾了，便来了兴致来了灵感来了劲儿。于是不讲平仄不讲对偶，凑上五个字七个字勉强押韵就敢往外抡。诗写出来了，先自己得意，觉得拿出手了，便在文学小组里显摆。诗一有了读者，自然就成了作品。文学小组的诗人们便七嘴八舌、评头品足。服气的当场就改，不服气的争得脸红脖子粗。

我在那条乡间小路上吟哦，背诗诌诗。背诗积累了学问，这对于以后我读大学乃至写文章，带来了数不尽的好处；诌诗激发了灵感开阔了意境，使我自觉不自觉地走上了文学之路。

我总是主张书还是要背一点儿的，特别是名篇名句，剜在篮里才是菜。有这样一句话，记不清是谁说的了：并不是我们所吃的，而是我们所消化的，使我们强壮；并不是我们所获取的，而是我们所积蓄的，使我们富裕；并不是我们所读的，而是我们所记住的，使我们成为有学问的人。

我还认为，背书越早越好。儿时、少时和青年时期，是人掠夺知识最疯狂的时期。背下来就牢牢地记住了，终生难忘。我有个儿子，对于他的学习我没帮助过什么。从他上小学到读大学，我连一次家长会都没为他开过，这使我感到歉疚。但有两点我是对得起他的，就是教他背书和学习书法。从他去幼儿园的时候开始，我就教他背唐诗、宋词、古代散文，直到上了初中，我还定期进行检查。书法也是如此，刚一上小学我就给他报名参加了少年宫的书法学习班，后来又专门为他请了书法教师。

我向许多朋友都介绍过这个经验。我觉得，作为一个中国人，无论今后你做什么工作，有了这两样本事，便能终身受益。

当然，受益最多的还是我本人。正是因为有了当年在那条乡间小路上的吟哦，才有了今天我坐在电脑桌前谈天说地。如今，那条淹没在庄稼地中间的土路早已变成了宽阔的柏油公路，可印在我大脑中的，仍然是那深深的车道沟。

1995 年 10 月 25 日于桑梓轩

关于玩儿的随想

一

我曾经在一篇文章里说过，我的童年生活主要是四项内容：挨饿、挨打、干活儿、读书。我没有把玩儿包括进去，按说小孩儿不就是玩儿吗？玩儿是孩子们的权利，文明社会使用童工是违法的。我们那会儿不懂得维护自己的合法权利，还以为玩儿是违法的。因为孩子们常常因为玩儿受到大人的惩罚，这便有了生活中的一项重要内容：挨打。

玩儿又是孩子们的天性，也应该是童年生活的重要内容。莎士比亚就说过，游戏是小孩们的“工作”。虽然天性让孩子们以身试法，受皮肉之苦，却没有被消灭。孩子们还是在干活儿和读书的间隙里冒险玩乐的，这便更加增加了玩儿的刺激性。

在庄稼人看来，除了有效和无效的干活儿，人类的任何消闲活动都统统叫作玩儿。比如说老人在街头上像城里人那样空着手散步叫玩儿，但是如果肩上背个筐，边散步边拾个驴粪蛋儿或捡个秸秆草叶什么的，就不叫玩儿；妇女们在篱笆外东家长西家短七个蛤蟆五只眼地聊大天叫玩儿，但是如果边聊天边有心无心地纳鞋底便不叫玩儿。孩子们在残酷的惩罚中终于悟出了真理，大人不让孩子玩儿，不就是怕影响经济效益吗？于是，聪明的孩子便把玩儿和经济效益挂起了钩。

比方说玩儿跳鞋牌，孩子们把自己的鞋都脱下来放在一起，用类似锤子、剪子、布的办法分出次序。轮到谁，谁就拿起两只鞋背着脸站好，人家问你，要饽饽要菜。扔出的鞋掉在地上扣着的是饽饽，正面是菜，说对了算赢，这两只鞋就归你了。当然不是永远归你，是在玩儿的过程当中由你穿，穿别人的鞋不就省自己的鞋吗？

再比方说玩儿打秸秆，把玉米秸上的细秆折下来插成一排或用土埋起来，然后用砖头去打。打倒了或打出土就归你所有了，这是属于永远所有，秸秆拿回家可以当柴烧，这不就有了经济效益了吗？

还有一种玩儿法叫逮奤（tǎi）。奤是小木棒，从粗树枝上砍下来的，上等的柴火。玩儿的方法很多，通常是用一根奤打另一根奤，远者或准者为胜，胜则赢，赢则成了奤的占有者。这种玩儿法可能只限于我们北京南郊一带，我为了查找这个“奤”字，跟许多朋友咨询过，都说没见过这玩意儿。有一次在电视里，看到达斡尔人玩儿一种叫作逃力棍的游戏，跟我们这个玩法很相似。

我说的这几种玩儿，在眼下的“小皇帝”“小公主”看来，也许是很可笑、很滑稽，甚至是很可怜的。但是我敢说，我们这些玩儿法是从几千年前老祖宗乃至人类童年那里继承下来的，是原始游戏的活化石。更可贵的是，我们当时玩儿得非常投入，非常开心，如醉如狂。现在五花八门的玩具成千上万，从几十几百元一只的玩具熊到几千元一个的机器人，从搅得人心神不宁的玩具宠物到神通广大的电子游戏，孩子们玩儿一个扔一个，玩儿一个烦一个，玩具垃圾成了环境公害。可是现在的孩子也没见怎么投入，怎么开心，更少见如醉如狂的境界。可见玩具的多寡与现代化水平，并不能决定玩儿的质量。正如物质生活的丰富并不能决定精神生活满足一样，有时却恰恰相反。

二

我不记得在那个年代，我的父辈们玩儿些什么。在我的心目中，他们最大的享受就是三尺树荫凉，一碗“井拔凉”。“井拔凉”是刚从井里打出来的凉水。累得腰酸背痛，浑身臭汗，在树荫凉里躺下放松歇息一下筋骨，再喝一碗清凉爽口的井水，然后再抽一口老旱烟，确实非常惬意。奢侈一点儿的，晚上回家以后，咬两口嫩黄瓜，喝两杯劣质的老白干酒，就算成了神仙了。

但这不能叫玩儿。能够说得上玩儿的也许是逢年过节的时候踩踩高跷、跑跑旱船、耍耍三节钢鞭，但是这需要技巧，玩儿的人少，看的人多。也有玩儿麻将、玩儿牛牌或玩儿纸牌的，也是有时有晌的，多是过年的时候一家人一起凑个兴。如果上了瘾，长期玩儿，就会被划到二流子、懒汉、赌徒之列，要遭到舆论的谴责的。

鲁迅先生曾经说过，我们中国是大人用的玩具多：姨太太，鸦片枪，麻雀牌，《毛毛雨》，科学灵乩，金刚法会，还有别的，忙个不了，没有工夫想到孩子身上去了。

不难看出，先生所指责的大概是吃饱了喝足了的有钱阶级和有闲阶级。在我们那个糠菜半年粮的小乡村，既没有钱又没有闲。一年到头，面朝黄土背朝天，土里刨食，闲的只有肚子，一挂肠子闲半挂。吃喝玩乐，吃是排在第一位的，肚子填不满，什么都说不上。所以那时候的大人们，没工夫想到孩子，也没工夫想到自己。他们就是想到孩子和自己的时候，大抵也不是想到玩儿，而是想到吃。

然而人毕竟是有血有肉的活着的动物，原始的本能和天性并没有因为饥饿与疲劳而完全泯灭。越是在贫穷与痛苦的时候，越是需要一种精神上的调和剂。有一种说法，叫穷欢乐、穷开心。穷也需要欢乐，也需要开心；或者说更需要欢乐，更需要开心。如果穷的时候不欢乐不开心，就只有等着死了。

欢乐和开心不是天上掉下来的，需要自己去寻找。北京人说的找乐，大概就是这个意思。

找乐，又不能耽误找食。聪明的庄稼人便把乐与劳巧妙地结合在一起。过去曾经提倡过劳逸结合，其实应该叫劳乐结合。玩儿是一种能够使人产生欢乐感情的活动，所以庄稼人便把一切可以产生欢乐的活动都称之为玩儿。最典型的就是一边干活儿一边讲笑话、开玩笑，庄稼地里的笑声不但能够驱走因贫穷而产生的痛苦，还能够驱赶因为劳累而导致的绝望。

什么样的笑话和玩笑能够使庄稼人忘掉贫穷与劳累而开怀大笑呢？这还得从人的本能与天性上面去寻找，最原始的话题就是性。

当读书人自以为是将性作为一种文化著书立说大赚稿费的时候，殊不知，没有文化的庄稼人早就把性作为日常唯一的文化教育和文化享受了。庄稼地里，流传着许多性故事。这是千百年来聪明的庄稼人集体创作的口头文学，抛开所谓的黄色内容，就其艺术技巧而言，无论人物的鲜活、结构的巧妙、语言的精彩、底包袱的漂亮，都是正宗文学无法比拟的。

从这个意义上来说，这也许早就超出了玩儿的范畴，但它确实给贫瘠的土地增添了新的生命，给苦巴苦业摇摇欲坠的生命增添了新的活力。如果说玩儿是一种健康的生命形式，那么性文化的张扬与传播，便是庄稼人的一种玩儿法了。仅此而已。

三

饱暖思淫欲，说的是人类不同层次的需要。饥寒残酷地压抑了人的本能与天性，人类社会的一切生产活动以及科学技术的进步，都是为了满足人们的物质需求，把被压抑的本能与天性最大限度地解放出来。人在吃饱了喝足了的时候便会想淫和欲，这个欲应该包括玩儿的欲望。因此席勒说，只有当人充分是人的时候，他才游戏；只有当人游戏的时候，他才完全是人。

玩儿是一种心理上与生理上的完全放松，是本能与天性的彻底解放。只有在这种时候，人才能表现出本来的面目和应有的本色。

现代社会中，饥寒被驱赶了，但是残酷的生存竞争和膨胀的物质欲望以更加强大的威力压抑和扭曲着人的本能与天性。在生活中的绝大部分时间里，人扮演的不是自己，人显露出来的不是本来的面目，社会把各种各样的角色强加在每一个人的身上。官场上，他们戴着道貌岸然的面具，说着冠冕堂皇的假话、空话和正确的废话；商场上，他们扮演着诱人的诚实与坦白，将贪婪与狡诈包得严严实实；名利场上，他们更是忸怩作态，为了鲜花与掌声出卖肉体和灵魂；甚或在情场上，他们也玩儿起了深沉，玩儿起了天真，玩儿起了大绅士状和小女儿态，以博取对方的欢心与献身。

当然，我这里所说的是一种极端的现象，绝不是说每个人都如此昧着良心虚伪地做人，要是那样可就太可怕了。

就算是我们大多数真实而善良的人，也需要时时处处地修饰自己、矫正自己、完善自己，树立被人们认可的社会形象。到大会堂开会或到大剧院看戏的时候，即使天气再热，也不能穿短裤背心和趿拉板儿；礼贤下士或与商家谈判的时候，遇到再气愤的事，也不好开口骂娘；向上级汇报工作或拜见未来岳父岳母的时候，即使坐在沙发上也不便跷起二郎腿；为上帝服务或接待来宾的时候，你心里再委屈也要强装笑脸……现代生活的口头禅是累，活得太累。累哪儿了？又没让你去学大寨扛石头，累的是心，心理负担太沉重，压得人喘不过气来。

紧绷的弦需要放松下来，僵硬的面目需要摘下来，扮演了一天的角色也该退场了。这样便想到了玩儿。

社会的文明与进步给人们提供了各种玩儿的方式，从贵族们的高尔夫球场到街头摆着的台球桌，从高雅的音乐厅到低俗的卡拉 OK，从富丽堂皇的拉斯维加斯赌城到电线杆底下的敲三家，从手持金卡的健身房到立交桥下的扭大秧歌；从畅游全球的网上聊天室到大排档里的侃大山，如此等等，各寻其好，各取所需。

该花的钱花了，该出的汗出了，该说的话说了，该喊该笑该吵该闹该折腾该出洋相的也都尽了兴。一天的大事小事烦事琐事倒霉事忘得干干净净，一天的装葱装蒜装爷爷装孙子都脱得光光溜溜。玩儿使人又还原为人，玩儿使人又找到了自己，玩儿使人不至于被紧张和沉重拖垮，玩儿使人能够明天继续做人和更好地做人。玩儿是高压工作的减压阀，是高速运转的润滑油，是高质量生活不可缺少的一项重要内容。我说的是解决了温饱过上了现代化幸福生活的人们。

四

我以为，席勒这里所说的游戏，与我们通常所说的玩儿，还不是一码事，至少不完全是一码事。

如果把游戏与玩儿掺和在一起说，那么应该包括两方面的内容：一是参与，一是享乐。

游戏更多的是参与，诸如打高尔夫、打桥牌、唱卡拉 OK，按照这个层次发展下去，就是体育与艺术。

体育与艺术是集体的游戏，这里面除了为人们提供美感和享受以外，还加进了强烈的功利成分。对于经营者来说，功利成分是主要的。

体育是人生的模拟，譬如足球与棋类。绿茵场上，双方残酷的竞争，拼体力、拼毅力、拼技巧、拼经验，都是在人生的竞技场上活生生的体现。楚河汉界之间，精妙的算计、暗藏的杀机、时机的把握、全局的操纵、舍车马而保将帅的计谋，都是现实生活中流血的与不流血的争夺的再现。

艺术是人生的缩影，譬如戏剧。一个小小的舞台上，男欢女爱、悲欢离合、明争暗斗、荣辱沉浮、朝如青丝、暮如白雪，短短两三个小时间，浓缩了一生的大起大落、风云变幻。真可谓是“舞台小世界，世界大舞台”。

游戏上升到体育与艺术的层次，参与的人便成了少数，而大多数人则成了花钱买票的看客。人们站在安全的角度旁观人生的演绎，从中汲取经验教训，也获得欢乐与愉悦。

与游戏略有区别的是，玩儿主要是享乐。如果按照这个途径往下发展，则会堕落成另一种境地：一部分人花钱买享乐，一部分人提供享乐服务以赚钱。这与体育和艺术有类似之处，走的却是相反的一个极端。体育上的胜与负可以堕落为赌场上的赢与输，艺术上的美感亦可以堕落为丑态，譬如艳舞、脱衣舞、成人秀、伴舞陪唱陪酒陪睡明星，等等。

或许是基于这一点，鲁迅先生便把姨太太、鸦片枪也列入了玩具之类。现时的玩具更有所发展，男人“包二奶”“泡小蜜”，女人“煨童子鸡”“找鸭子”，还有桑拿、按摩、推油、带“三陪”的卡拉 OK、一条龙服务的泰国浴等。除了这种满足淫欲的玩乐，还有另一种玩儿法也颇为时髦，譬如玩儿文学、玩儿音乐、玩儿社会、玩儿商场、玩儿感情等，玩儿来玩儿去，终归玩儿的是自己。或许您就玩儿出了艾滋病，玩儿出个家破人亡，玩儿出个铁牢滋味。参与者后果自负，看客则一笑而已。

五

玩儿是一种文化，文化有高雅和低俗之分，玩儿也有健康与龌龊之别。不是说文化水平越高就越高雅，也不是说越有钱就越追求健康。高雅与低俗，健康与龌龊，如同芝兰与鱼肆。是蜜蜂总要追求花香，是苍蝇就会追求腥臭。

玩儿是一剂药，药有医病的良药，也有要命的毒药，还有让人半死不活的麻醉药。这是非处方药，不用求医生，谁喜欢什么药全由自己开。为了健身或者恢复体力，有的人便选择了补充维生素，吸收新鲜的氧气，维护正常的新陈代谢；为了寻求刺激，有的人就选择了麻醉药甚至毒药。有的人花钱买的是健康，有的人花钱作的是死。

玩儿是人生的网络，这个网络包容着整个社会。你总要在网络上占据一个眼，到底占据哪个眼便全靠自己选择了。人以群分，物以类聚。无论你喜欢怎样的玩儿法，都能找到知音和同类。当然，一个人不会永远在一个网眼上钉死不动的。厌倦了一种玩儿法，换一种新的玩儿法，也会随时随地受到欢迎的。玩儿是不孤独的，只要你想玩儿，总会有玩伴儿。

玩儿是一块未曾被人发现的新大陆，那里有无数的新奇与奥妙，极大地刺激人的好奇心。那里还有高山大河、激流险滩，人类与生俱来的好奇心和冒险精神在现实生活中得不到满足，在玩儿与游戏中却能大显身手。这里面有惊无险，虽然有时候也需要付出代价，但是与残酷的现实相比，至少没有生命危险。更诱人的是，生活中的机会总是如电光石火，稍纵即逝。机会一旦从你身边溜走，便会悔恨终生。在玩儿和游戏里你失去了一次机会，还会再争取一次、两次、若干次，如果你坚持下去，便会过一把胜利者的瘾。

玩儿是什么？玩儿就是玩儿。为休息而玩儿，你会获得精力；为情趣而玩儿，你会获得欢乐；为朋友而玩儿，你会获得友情；为刺激而玩儿，可要小心，恐怕你玩儿的也许是杯弓蛇影，也许是剧毒的眼镜蛇。

2000 年 4 月 8 日于桑梓轩

我的勤工俭学

一

我说过，农村的孩子吃不了三年闲饭，几乎会走路就会干活儿。当然，这是极而言之。在我的记忆里，童年的生活大抵由四部分构成：挨饿、挨打、干活儿、读书。

我不记得在我成年之前有过丰衣足食的时候，但印象最深的是挨过三次大饿，每次都长达一年之久。

第一次是我三岁的时候，大家庭的穷日子过不下去了，祖父推行改革，分家。分给父亲名下的，除了三间透风漏雨的西厢房，就是二斗玉米。要知道，这是一年的嚼裹，父母亲知道二斗玉米养活不了四口之家，就把玉米换成了高粱米糠。于是，每天全家就靠这又苦又涩的高粱米糠度日。那真是度日如年，高粱米糠不仅难吃，更要命的是难屙。我吃的是泪水，屙的是血水。好在我那时年龄尚小，好了伤疤也就忘了疼。

第二次挨饿是高级社的时候，地方官为了凑政绩，虚报产量。报了产量就得交超产粮，那时叫爱国粮。粮食都爱了国，老百姓的肚子却空起来。没有粮食，地方官爱民如子，到处找可吃的东西。先是吃豆腐渣，豆腐渣掺上玉米面，蒸窝头。后来玉米面越来越少，窝头捏不起来了，就直接放在锅里炒。豆腐渣不难吃，就是难咽，每咽一口，小细脖都抻得老长，像是填鸭。后来豆腐渣弄不来了，就吃粉渣，粉渣有一股非常难闻的馊味。那味一闻见就恶心，想吐，更不要说吃了。

若干年以后，北京人吃腻了大鱼大肉，在引进麦当劳和肯德基的同时，绞尽脑汁挖掘传统食品，把早已失传的麻豆腐和豆汁又端上了席面，且津津乐道、啧啧有声，并堂而皇之夸而大之自而豪之地推荐给外埠乃至外洋的亲朋故友。这东西我熟悉，一闻见那味道我就想起来粉渣，就恶心。当年穷人没有鱼肉菜蔬可吃，就把喂猪用的豆腐渣、粉渣、泔水进行加工，权当是“珍珠翡翠白玉汤”。一旦有了人吃的东西，就毫不犹豫地把它抛弃了。没想到若干年之后却成了“饮食文化”，这种不忘故旧、敝帚自珍的精神，实在是我们民族的一种美德。

第三次大饿是跟全国人民一起度过的，那是大饥馑铺天盖地而来的所谓“三年困难”时期。我记得清清楚楚，我们那个小乡村，每人每月的粮食定量是十三点七二斤，精确到小数点后面两位，账好算，就是不知道分粮食的时候怎么称，这是我揣了三十多年的一个谜。好在那时的粮食是不分的，吃食堂，大锅饭。想不吃食堂也不行，大炼钢铁的时候，几乎所有的金属包括锅勺刀铲都献给“1070”（那时提出超英赶美，钢的产量要达到一千零七十万吨）了。就是把粮食分回去，也不能把它做成饭，没有做饭的炊具。我那时正在上中学，也正是青春期长身体及心理成熟的时候。现在青春期的孩子躁动不安，有端无端地生出许多烦恼和麻烦，甚至惹是生非。有些家长恶狠狠地说“欠饿”，我可舍不得这样咒自己的孩子，因为我实在尝惨了饿的滋味。我们那时心理上不躁动，肚子可翻江倒海。除了那精确的定量，连豆腐渣粉渣也吃不上了。开始的时候还有豆饼、棉籽饼，就是榨油过滤剩下的残渣，你想那东西能吃吗？能有营养吗？后来这些空肚皮的填充物也没了，就纯挨饿了。

值得自豪的是，我在如此难耐的大饥饿中，没有耽误学习，我的同代人有不少都是因为挨饿而辍了学。

二

我逃过学，我们那时农村的孩子大部分都逃过学。逃学的原因绝不会是像现在的学生那样因为玩儿游戏机、失恋、考试不及格、怕找家长或因为某种诱惑离家出走等等。我们那会儿逃学，大多是因为干活儿。

比如说，凉水河提闸放水了，水面上漂着许多鱼，那东西不仅能吃，而且好吃，谁放着吃的东西不去捞呢？再比如，某村的一块红薯地或玉米地刚收完，开青了（那时看守庄稼的叫“看青”，允许到收获过的地里去拾庄稼叫“开青”)，人们都蜂拥而至，谁还能在课堂里坐得住。有一次，大概是临近考试了，老师明令不许逃学，上课铃刚响，教室外就响起一个高声大嗓的叫喊：“二狗子，捡红薯去!”全班同学都笑起来，二狗子只好严从父命违抗师命，拎着书包红着脸出了教室，老师也无可奈何。

我说农村的孩子会走路就会干活儿，虽说是极而言之，可也并非信口无凭。常见刚会走路的孩子，手里就拉着一根小绳，绳上拴着一只小羊或老羊，在田头路边放牧着。还见路还没走利索的小孩儿，背着一个擦着脚后跟的小筐，在村外拾着柴火，捡着树叶。农村的孩子是先干活儿后上学的，上学需要动员，有许多家长怕耽误干活儿是舍不得让孩子去上学的。就是上了学，也并非以学为主，至少是学干结合，到了城里或外洋，可能就该叫作勤工俭学了。

每天放了学，进门之后不是做作业，而是抄起家什出门。这家什要依季节而定，春天，大抵是去挖野菜，一把薅刀一个柳篮足矣；夏天，该去打青草，那就要用镰刀和背筐；秋天，可干的活儿最多，使用的家什也最多，都是捡拾类的，秋天弯弯腰，胜过冬天转三遭；冬闲却闲不住，也有不少活儿可干，比如拾粪、铲垫脚、挖河泥，都属于积肥一类的活儿。

三

以上我说的“勤工俭学”，大多是被动的、强制性的、不大规矩的。等稍大了一点儿，懂得生活的艰难和父母肩上担子的沉重，便会生发出一种责任感，自觉地挺起稚嫩的肩膀，为父母分担家庭的重负。

我开始想生财之道，用我可怜的经验和极其有限的聪明。我想过许多门道，比如养羊、养猪、养鸡，可惜这些都需要投资，没有本钱。也难怪，有钱还动这些脑筋干什么？后来我终于发现了一个不用本钱的养殖业，养蚕。

我们那个小乡村里谁也没有养过蚕，是因为看了评剧《刘巧儿》受到了启发，刘巧儿去采桑叶，采桑叶为的是喂蚕，这是听大人说的。后来又从茅盾的小说《春蚕》里了解到了养蚕人的艰辛。

记不清我是从哪里找来的蚕子了，培育的方法我还记得。谷雨前后，当第一声春雷响起来的时候，蚕虫便蠢蠢欲动了。蚕子是密密麻麻粘在一张纸上的，这时候，需要含一口水喷在蚕纸上。过不了几天，就发现蚕纸上的蚕子爆裂开了，从每一个蚕子里都爬出来一条黑色的小虫子，比蚂蚁还小，眼睛花了的母亲都看不清。这时候的桑叶也是非常鲜嫩的，是泛青的枝条上刚刚吐出来的新芽。小蚕虫生下来就贪吃，它们趴在桑芽上不停地吃，身个也不停地长，一天一个样儿。从黑变黄，又从黄变白，渐渐地大起来。开始的时候，我是放在一个小纸匣里养的，后来纸匣装不下了，就放在母亲的针线笸箩里。再后来，针线笸箩也装不下了，就放进大筛子里……

别看我是农村长大的孩子，可是从小就怕虫蝎蜥蛇之类瘆人的东西，直到现在我也不敢吃蛇。然而，自己养的蚕却不怕，非但不怕，还喜欢得不得了。蚕虫越长越大，白白胖胖的，别人看着肉麻，我却把它们捧在掌心里，甚至放在身上。特别是夏天，凉津津的蚕虫在你身上爬，舒服极了。蚕越长越大，也越吃越多，采桑叶成了我最大的负担。我们附近的桑树本来就少，我只好到几里外的凉水河边的荆桑地里去采，每天都得采一大筐。鲜灵灵的桑叶倒进筛子里，蚕虫便争先恐后地大吃大嚼。采桑叶累得腰酸腿疼，可是听着蚕虫咀嚼桑叶的沙沙声，心里又特别熨帖、特别自豪。

轮到结茧的时候可麻烦了，蚕虫到处爬，找结茧的地方，墙上、炕上、衣柜上、窗棂上……到处是蚕，到处结茧，找不到结茧的地方就随地吐丝，又黏又细或白或黄的蚕丝一层一层地铺得满屋满炕。这一年我收获了好几筐蚕茧、好几大卷蚕丝，还有好几口袋蚕屎。麻烦的事又来了，我和《春蚕》里老通宝的遭遇一样，这些东西收下来却没地方卖。人家说，北方没有人养蚕，只有南方才有收购蚕茧蚕丝的地方。南方在哪儿，在遥远的天边，是我插翅也飞不到的地方。好在卖不出去，这东西也派上了用场，母亲用蚕丝给我们絮棉衣、棉鞋，又轻巧又暖和。蚕丝还有一个用处，就是放进砚台里，墨汁渗透到里面，随时都可以用，不容易蒸发。蚕屎的用处更大了，用来装枕头，冬暖夏凉，消毒清火，能安神明目，头脑清醒聪明。

第二年我便不再养蚕了，它的好处再大，换不来钱也没用。我让母亲从信用社贷款，买了几只安哥拉兔。养兔子的劳动量更大，它太贪吃了。好在它是吃杂食，青草、野菜、树叶什么都吃。开始养兔是赚了钱的，赚了多少我不知道，反正我交的学费书费、买的学习用品，乃至母亲买的油盐酱醋、针头线脑，有些便是从兔子身上得来的。因为养兔有供销社收购，差不多每月都能拎着两只长大的兔子到供销社换钱。后来不知道为什么，供销社突然宣布不再收购兔子了，我的财路也就断了。过年的时候，母亲没有钱买肉，提议杀几只兔子吃。那些兔子都是我和弟弟妹妹亲手养大的，谁也舍不得杀，母亲是不敢杀。父亲急了，拎起一只兔子就朝地下摔去。兔子被摔在地下，口鼻出血，连叫都没叫一声，就一命呜呼了。很长时间，我都不敢吃兔肉，想到我心爱的兔子那悲惨的死相，我的心就不寒而栗……当然，除了养蚕、养兔之外，我家还养过猪、养过羊、养过鸡、养过鸭，就是没养过狗，因为那时候养狗不能换钱，又吃屎，恶心。多说一句，狗无疑是人类的朋友，对于农家特别是猎户，狗是非常忠诚的看家护院卫士和追捕狩猎的帮手。若干年后，那么多城里人把狗当孩子养，这让我无端地生出许多反感。若是少妇养个宠物解闷还情有可原，常常看到挺大的老爷们儿，不老不小身强力壮的，也娘娘地哄狗遛狗跟狗卿卿我我，心里真的很不舒服。当然，不舒服是我自己的事，人家愿意这样活着，也没碍我蛋疼。除了发展家庭养殖业，我还用其他方法挣过钱，比如星期天和寒暑假到生产队挣工分，打青草卖给附近的农场，挖酒壶根（即生地）、采蝉蜕到药材公司卖钱，还有打短工直接出卖劳动力……

不管怎么说，由于父母的艰辛和我的辅助劳动使我坚持了学业，从初小到高小到初中，我是连续读下来的，中间没有辍学，也没有留级。我的童年乃至青少年，苦是苦点儿，可是没有耽误，没有白吃饭，也学会些许谋生的本事，这对我的一生都受益匪浅。

1998 年 3 月 10 日于通州宾馆

我的文学出路

一

这个题目不对，应该叫作“我的出路文学”，因为我搞文学的目的就是想找一条人生的出路。这样说可能是对文学的亵渎，因为许多文学大师乃至文学爱好者，都把文学当成一种神圣的事业，我怎么把文学跟柴米油盐酱醋茶、跟户口本医疗证粮票面票工业券连在了一起，俗得不能再俗了。

遗憾的是，我说的是真话。我不是在自轻自贱，因为我那卑贱的人生地位使我的文学观无论如何也高尚不起来。

我在别的文章里谈到过，我出生的那个小乡村，虽说在天子脚下，却偏僻、贫穷，然而它却有一个高贵的名字——驸马庄。据说这是某一位驸马的庄园，究竟是哪一朝的哪一位驸马，谁也说不上来。当年我和“四清”工作队一块儿写村史的时候，四处查询访问亦毫无所得。我想，贫穷的人没有尊贵感，他们是不尊重自己的历史的。我们的同样贫穷和同样没有文化的祖先没有把这最起码的历史常识传给他的后辈子孙，可见对这片繁衍生养之地也没有多少情感。祖先尚且如此，何况我们这些历史的弃儿？

所以在我童年的梦想中，最大的追求就是离开这个小乡村。我所受的社会教育和家庭教育也是这样的。谁的父母在外面工作，谁就有了无限的自豪；谁家的孩子能离开村，就会被认为有出息，受到全村人的称赞。

我们那一代人，是最先被新中国严格的户籍制度画地为牢的。中国人从来不顾忌洋人是如何把探测器送上火星的，却总是代代不息地嘲笑着洋人不知道元宵馅是怎么装进去的。但是在现今的报刊上、书籍上，仍然有两个让洋人觉得比元宵馅还神秘的字眼：农转非或非转农。

我们之所以梦想着离开那个小乡村，就是不愿意再当农民。不愿意当农民的理由很多，但对于我来说，绝不仅仅是因为贫穷。因为在我有限的知识里，当时还不知道外面有什么富足的世界。富足对所有的中国人来说，仅仅是一种信仰。相信“楼上楼下、电灯电话”的社会主义，比相信耶稣再世要坚定得多。

我要离开那个小乡村的起因，是因为我过早地尝到了受歧视的滋味，过早地懂得了做人的尊严。

二

我不知道现在和将来的年轻人乃至外国人能否读懂我们当年的历史，要离开那个小乡村还不容易，买张车票不就走了？我说，没那么容易，你出门在外，总得要吃饭吧？且不说钱，你吃饭首先要有粮票，没有粮票你连一个窝头也买不到。吃完饭总得要睡觉吧？睡在车站警察要抓你，住旅馆得有介绍信，你擅自离开农村谁给你开介绍信？那好，你在外面混不下去要回来吧？回来后挨批判、做检讨且不说了，生产队扣了你的粮食定量，就等于摘了你的鸟食罐，谁不怕挨饿呀？

在我们年轻的时候，离开农村的出路只有两条，一个是读书考大学，一个是当兵提干。

我先走的是第一条路，刻苦读书。我在前一篇文章中谈到了，尽管挨饿，尽管为了谋生干各种营生，我没有耽误学习。我的学习成绩一直是最好的，无论在全班还是在全学校。从小学到初中，到了该上高中的时候，我遇上了大难题。高中要上城里去读，我家没有钱。尽管我被直接保送到县城高中，尽管我自己后来也考取了北京的重点中学，还是没有去成。当然，不久就开始了“文化大革命”，没上成高中倒成了我的幸运，这是命。

初中毕业以后，我便回到我厌恶的那个小乡村当农民，纯纯粹粹的农民。但我并不甘心，我像足球场上那些优秀的球员一样，总是死死地盯住抢球和射门的机会，一刻也不敢放松。

我当时十六岁，由于我有文化，由于我是共青团员，由于我出身贫苦，还由于当时已经开始“政治挂帅”，回村以后我马上受到了重用，担任了民校教员、团支部副书记、农业技术员和生产队的会计。这几件事我都干得很认真，当时人们刚从大饥馑的“三年困难”中摆脱出来，吃饱了肚子以后特别地有心思，学文化、学技术、搞文艺的积极性很高。我们所办的民校很快就在全县出了名，我还作为先进个人出席了北京市业余教育积极分子代表大会。我在团支部的工作也干得很出色，还被选为公社团委委员。踌躇满志的我不再梦想着到什么地方去找吃的东西，而是开始勾画着命运的蓝图。我开始想走仕途这条路，经过自己的努力干出更大的成绩，然后被提拔到公社或县里，成为一名脱产的或半脱产的干部。后来我觉得这太难了，又另辟蹊径，从文学上寻找出路。

我对文学的喜爱是由来已久的，这且不说了，但是把文学作为我人生的出路还是我当上了农民以后的事。在那次业余教育积极分子代表大会上，我结识了县教育局局长季庆阳。他是一个民主人士，中华人民共和国成立前由于在当时的报纸上发表过几首进步诗歌，在第一次全县人民代表大会上，便被意外地选为副县长。当县里去车把他接去开会的时候，他还蒙在鼓里，不知道什么灾祸将降临在他的头上。他给我讲这段传奇般的经历，对我触动很大，想不到文学还有如此巨大的力量能改变一个人的命运。

于是，我开始在我视为神圣的文学上打起了主意，就像窥视着我深爱的姑娘身上的钱包一样，我一直为此感到羞愧。

三

我原本是有着当文学家的理想的，但一个十几岁的初中毕业生深知自己的功底太差，也曾下决心努力丰富自己、充实自己，做着将来从事文学的创作准备。但是，一旦我把文学当成手段而不是追求，就立刻调整我的整个规划。我不能再等了，我首先得成功。于是，我不是认真地读书、认真地积累素材，而是拼命地写稿。写稿的目的就是发表，发表就是为了引起人们的注意，让人家承认自己是个人才，以便选贤进能的时候我成为一个有实力的人选。好在那时候还不时兴走后门，还不时兴行贿受贿，否则再有才能也没有我的份儿。我真感谢那个年代，那个年代的风气真好。

我真的不久就成功了，先是在《北京农民报》上发表一首小诗，后来又发表一篇小说，再后来《北京文学》的编辑又找我来约稿，文化工作队的艺术家们又约我写节目，《支部生活》又聘我当通讯员。那年头还有一条不成文的规定，现在看来当然是荒唐的弊端，但当时对我却有莫大的好处。就是无论什么人找你，都要通过一级一级的组织。比如编辑找我约稿、剧团约我看戏甚至刊物给我赠刊，都先要找公社领导，公社领导同意了再找村党支部领导。就是发表作品，也要一级一级地签署同意。这虽然是一种制约，甚至是一种对人权的侵犯，但却提高了我的知名度，特别是提高了我在领导阶层的知名度，这是最有实际用途的。

两年以后，上级重视群众文化，要求各公社配备一名专职的文化干事，成立俱乐部。公社党委在讨论俱乐部主任的时候，我便成了最佳人选。

当时跟我谈的还是半脱产，就是在公社干半个月，还要回村干半个月，每月给我十五元的工资。我当时有点儿犹豫，心气很高就容易得意忘形，还想等待更好的机会。饱经世故的伯父听说了这件事，立刻来找我和我的父母，说一定要去，不给钱都去。

我幸亏听了伯父的话，到了公社我干得很卖力气，不仅仅是文化工作。公社都是万金油的干部，上面千条线，下面一根针。什么工作布置下来了就全体出动，不管分工是干什么的，都得先抓中心工作。那年头的中心工作也特别多，三天一个中心，五天一个中心，没有人再提我是专职的文化干事，除非轮到文化是中心的时候。也没有人安排我回村里再干半个月活儿，工资从十五元提高到二十五元，后来又提高到三十元，这样我就成了一名公社的补贴干部。

四

现在对农民出来打工有一种说法，叫作离土不离乡。我当时在公社当补贴干部，却是离乡不离土。

在当时的中国，区分一个人的身份只有一个标准，而且是唯一的标准，那就是看户口。陈永贵官至副总理，只要他的户口还未从大寨迁出来，就依然算是个农民，你官再大也不能算是国家干部。

我曾经写过一篇题为“补贴干部”的文章，表面看来，补贴干部和国家干部都是挣工资的、发粮票的，但这其间却有着质的差别。国家干部的工资和粮票是国库里拨下来的，补贴干部的工资和粮票是县财政或公社财政抽调的。国家干部的粮票里含有百分之四十的面票和百分之二十的米票，在同一个食堂用餐，国家干部可以吃馒头、米饭，补贴干部却只能吃窝头，后来跟公社的粮库通融一下，才给补贴干部换了一点儿面票。国家干部有工作证、医疗证，到医院看病可以记账，补贴干部要自己缴费再拿回去找领导签字报销。国家干部端的是铁饭碗，即使犯了错误，只要调动一下工作依然可以当官，补贴干部是写在黑板上的字，领导只要看你不顺眼，一抹你就不在名册了，还得滚到黄土地里去当农民。总之，国家干部是非农业户口，补贴干部是农业户口。这一非一农就分出了上下两个等级。而要逾越这个等级，并不比黑种人变成白种人容易多少。

我们这些补贴干部，都梦想着有一天能转为国家干部，因此每天都战战兢兢、如履薄冰，生怕一不小心打碎自己的梦。按照正常的秩序，原来每年都要有少量的指标的。可是赶上了我倒霉，我刚调到公社就赶上了“文化大革命”；然而又挺幸运，要是再晚几个月就调不成了，一切旧秩序都被砸碎了，还哪有什么转干转非的指标。这一等就是六年，别人可以当逍遥派我却不敢，我得依然好好表现自己。靠文学不行了，报纸刊物都停了，我就搞文艺，搞“工农兵占领舞台”。写歌词、写表演唱、写相声、写小戏，每到“最新指示”下来，连夜编成文艺节目到电台或电视台演出。为庆祝人民公社成立十周年，我被当时的一个风云人物派往大寨写《大寨组歌》。后来那个风云人物成了“5·16”分子，我便也受到株连下放监督改造。我本来想利用文学改变我的命运，没想到却因之招来灾祸。后来普及“革命样板戏”，各地方都成立文艺宣传队。这又是一个机会，我给当时的公社党委书记安魁写了一封长信，要求去搞文艺。安魁是个很讲情义的领导者，他满足了我的要求。我调到宣传队以后，担任专业编剧。编剧编的不是剧，是所谓的节目：歌词、表演唱、对口词、快板……值得自豪的是我还写过相声，更值得自豪的是我的相声后来被相声大师侯宝林先生看中了。那时候他刚刚从“黑帮”中解放出来，急需要一个作品。他把我和另一个“编剧”创作的《种子迷》找来，跟我们一起认真修改，与郭全保一起在工人体育馆演出，挺露脸。

直到六年以后，我的梦想才变成了现实，才当上了让人能直腰喘气的国家干部，二十四级，每月工资四十三元，工作单位也从宣传队调到了县委宣传部。想来想去，还是文学帮了我的忙。人的欲望是永远不能满足的，我梦寐以求的国家干部混到手之后，却对官场越来越厌恶起来。也是因为文学给了我一条退路，我先是去了鲁迅文学院，后来又上了武汉大学。直到这个时候，我面对着给我带来命运转折的文学，才开始反思自己，才重新唤醒我从事文学的神圣感和使命感。

1998 年 4 月 19 日于桑梓轩

图书在版编目(CIP)数据

裸俗／王梓夫著. －－ 北京 ：中国文史出版社，2021.3

(中国专业作家作品典藏文库·王梓夫卷)

ISBN 978－7－5205－2438－4

Ⅰ.①裸… Ⅱ.①王… Ⅲ.①散文集－中国－当代 Ⅳ.①I267

中国版本图书馆CIP数据核字(2020)第209455号

责任编辑：卢祥秋

出版发行：中国文史出版社
社　　址：北京市海淀区西八里庄路69号院　邮编：100142
电　　话：010－81136606　81136602　81136603（发行部）
传　　真：010－81136655
印　　装：北京新华印刷有限公司
经　　销：全国新华书店
开　　本：720×1020　1/16
印　　张：16　　　字数：152千字
版　　次：2021年3月第1版
印　　次：2021年3月第1次印刷
定　　价：55.00元